을 유 세 계 문 학 전 집 · 18

빌헬름 텔

을유세계문학전집 · 18

빌헬름 텔

Wilhelm Tell

프리드리히 폰 쉴러 지음 · 이재영 옮김

 을유문화사

옮긴이 **이재영**

서울대학교 독어독문학과를 졸업하고, 독일 베를린자유대학 철학과에서 칸트 미학을 주제로 한 논문으로 석사 학위를 받았다. 현재 베를린자유대학 독문과에서 박사 과정 중에 있다. 옮긴 책으로 『아이들은 철학자다』, 『두 여자 사랑하기』, 『철학의 탄생』, 『이민자들』 등이 있다. 2001년 「상실의 세계와 세계의 상실-신경숙론」으로 제8회 창비 신인 평론상을 받았으며, 베를린자유대학과 경원대학교에서 강의했다.

을유세계문학전집 18
빌헬름 텔

발행일·2009년 2월 15일 초판 1쇄 | 2018년 12월 20일 초판 3쇄
지은이·프리드리히 폰 쉴러 | 옮긴이·이재영
펴낸이·정무영 | 펴낸곳·(주)을유문화사
창립일·1945년 12월 1일 | 주소·서울시 마포구 월드컵로16길 52-7
전화·02-733-8153 | FAX·02-732-9154 | 홈페이지·www.eulyoo.co.kr
ISBN 978-89-324-0348-9 04850 978-89-324-0330-4(세트)

차례

등장인물

헤르만 게슬러 슈비츠와 우리(Uri) 주*의 제국
　태수
베르너 폰 아팅하우젠 남작. 방기(方旗) 기사*
울리히 폰 루덴츠 베르너의 조카

슈비츠 주 사람들
베르너 슈타우파허
콘라트 훈
이텔 레딩
한스 아우프 데어 마우어
외르크 임 호페
울리히 데어 슈미트
요스트 폰 바일러

우리 주 사람들
발터 퓌르스트
빌헬름 텔
뢰셀만 목사
페터만 교회지기
쿠오니 목부(牧夫)
베르니 사냥꾼
루오디 어부

운터발덴 주 사람들
아르놀트 폼 멜히탈
콘라트 바움가르텐
마이어 폰 자르넨
슈트루트 폰 빙켈리트
클라우스 폰 데어 플뤼에
부르크하르트 암 뷔엘
아르놀트 폰 제바

파이퍼 폰 루체른
쿤츠 폰 게르자우
예니 어부의 아들
제피 목부가 부리는 사내아이
게르트루트 슈타우파허의 아내
헤트비히 텔의 아내이자 퓌르스트의 딸
베르타 폰 브루넥 부유한 상속녀

농민들
아름가르트
메히트힐트
엘스베트
힐데가르트

텔의 아들들
발터
빌헬름

용병들
프리스하르트
로이트홀트

루돌프 데어 하라스 게슬러의 마구간 감독
요한네스 파리치다 슈바벤의 공작
슈튀시 경지 감시인
우리 주의 쇠뿔*
제국의 전령
부역 감독관
석수 장인과 직인들,* 잡역부들
공지(公知) 담당관
수발 수도사들*
게슬러와 란덴베르거*의 기병들
많은 농민들, 발트슈테테*의 남녀들

1막

1장

피어발트슈테테 호수의 높이 솟은 암벽 기슭. 슈비츠*의 건너편, 호수가 만을 이루어 육지 속으로 파고든 지점. 호숫가에서 멀지 않은 곳에 오두막 한 채가 서 있다. 어부의 아들이 작은 배를 타고 있다. 호수 건너편으로는 슈비츠 주의 푸른 초원과 마을과 농장이 환한 햇살을 받으며 늘어서 있는 것이 보인다. 관객석의 왼쪽으로는 구름에 에워싸인 하켄 산의 정상이 보이고, 오른쪽으로는 만년설로 뒤덮인 산이 보인다. 막이 올라가기도 전에 가축들을 불러모으는 목부의 노랫소리와 가축들의 목에 달린 방울의 조화로운 울림이 들리기 시작한다. 막이 오른 뒤에도 이 소리는 한동안 계속된다.

어부의 아들 (보트 안에서 노래 부른다.)

(목부의 노래* 멜로디에 따라)

　호수는 웃음 지으며 물속으로 초대하고,

　소년은 푸른 물가에서 잠이 든다.

　그때 소년이 듣는 소리,

　피리 소리처럼 달콤하고,

　낙원에서 울려 퍼지는

　천사의 음성 같구나.

　환희에 휩싸여 소년이 깨어나니,

　물결이 그의 가슴 언저리에서 출렁거린다.

　그때 물속 깊은 곳에서 외치는 소리,

　사랑스런 소년이여, 너는 나의 것!

　나는 잠든 이를 유혹하여

　물속으로 끌어들인다.*

목부　(산 위에서 노래를 변주해서 부른다.)

　초원이여 잘 있거라,

　햇살 가득한 들판이여!

　목부는 떠나야 하네,

　여름이 다 갔으니.

　뻐꾸기가 울고 다시 노랫소리 들리면,

　우리는 다시 산으로 돌아올거야.

　땅이 새롭게 꽃으로 치장하면,

　유쾌한 5월에 샘물이 흐르면.

　초원이여 잘 있거라,

햇살 가득한 들판이여!

목부는 떠나야 하네,

여름이 다 갔으니.

알프스의 사냥꾼 (맞은편 암벽 위에 나타나 두 번째 변주곡을 부른다.)

산 위에서 천둥소리 울리고, 좁다란 다리는 몸을 떠네,

사수는 현기증 나는 길에서도 두려움을 모르네,

눈 쌓인 들판을

대담하게 걸어가지,

거기서는 봄도 뽐내지 못하고,

씨앗도 싹을 틔울 수 없어.

발아래에는 안개 바다,

사람 사는 도시는 보이지 않고,

구름이 잠깐 갈라질 때만

세상을 흘깃 볼 수 있을 뿐,

바다 저 아래엔

푸른 들판.

(경치가 바뀌고 산 위에서 둔탁한 굉음이 들려온다. 무대 위로 구름 그림자가 지나간다. 어부 루오디가 오두막에서 나오고, 사냥꾼 베르니는 암벽에서 내려오고, 목부 쿠오니는 우유 짜는 주발을 어깨에 메고 다가온다. 쿠오니의 일을 거드는 소년 제피가 그를 뒤따른다.)

루오디 어서 해라, 예니. 배를 끌어들여라.

거뭇한 계곡 태수님이 오신다. 얼음산이 으르렁거린다.

미텐 산이 모자를 덮어 쓰고,*

협곡에서 찬 공기가 몰려오고,

폭풍은 생각보다 빨리 닥쳐올 게다.

쿠오니 비가 몰려옵니다, 사공. 제 양들은

게걸스럽게 풀을 뜯고, 개는 땅을 파고 있어요.

베르니 물고기들이 튀어 오르고, 물닭들은

물속으로 뛰어듭니다. 뇌우가 닥쳐오고 있어요.

쿠오니 (소년에게)

잘 감시해라, 제피, 가축들이 흩어지지 않는지.

제피 방울 소리만 들어도 갈색 털의 리젤이 어디 있는지 알 수 있어요.

쿠오니 제일 멀리 달아나는 것이 리젤이니 리젤만 있으면 다른 놈들도 다 있는 것이다.

루오디 목부 양반, 방울들이 멋지네요.

베르니 가축들도 훌륭합니다. 당신 것입니까?

쿠오니 난 그렇게 부자가 아니오. 자비로우신

아팅하우젠 주인님 것이지요. 마리 수를 세어 제게 맡기신 겁니다.

루오디 목띠가 암소에게 참 잘 어울립니다!

쿠오니 저놈은 자기가 무리를 이끌고 있는 걸 압니다.

목띠를 벗기면 풀을 뜯지도 않아요.

루오디 그럴 리가요! 분별 없는 짐승이…….

베르니 성급하시군요. 동물들도 생각이 있어요,

　영양을 사냥하는 우리는 그걸 압니다.

　영양들은 풀을 먹으러 갈 때 영리하게도 보초를

　한 마리 세워 두는데, 그놈은 귀를 쫑긋 세우고 있다가

　사냥꾼이 다가오면 날카로운 휘파람 소리를 내어 경고하지요.

루오디 (목부에게)

　가축들을 집으로 몰고 가는 겁니까?

쿠오니 이제 산 위의 풀밭에는 먹을 게 없어요.

베르니 잘 들어가시오, 목부 양반!

쿠오니 당신도 그러시길!

　사냥하러 갔다가 못 돌아오는 사람도 있으니 말이오.

루오디 저기 어떤 사람이 정신없이 달려오고 있네요.

베르니 아는 사람입니다, 알첼렌*의 바움가르트이지요.

(콘라트 바움가르텐이 숨이 멎을 듯 들이닥친다.)

바움가르텐 아이고, 사공, 배 좀!

루오디 자, 자, 뭐가 그리 급하시오?

바움가르텐 줄을 풀어요!

　살려 줘요! 날 건네 줘요!

쿠오니 이봐요, 대체 왜 그러시오?

베르니 누가 뒤쫓아 오는 거요?

바움가르텐 (어부에게)

　어서, 어서, 그자들이 금방 닥칠 것이오!

　태수의 기병들이 나를 잡으러 오고 있소,

붙잡히면 나는 죽습니다.

루오디　기병들이 왜 뒤쫓는 겁니까?

바움가르텐　일단 구해 줘요, 설명은 그다음에 하지요.

베르니　피가 묻었군요. 무슨 일입니까?

바움가르텐　황제가 로스베르크로 보낸 성주가⋯⋯.

쿠오니　볼펜쉔센 말이군요! 그자가 기병들을 보낸 겁니까?

바움가르텐　그놈은 이제 겁낼 게 없어요. 내가 때려 죽였으니까.

모두　(뒤로 물러선다.)

맙소사! 어쩌다 그런 짓을?

바움가르텐　내 입장에 처한 자유인이라면 누구라도 했을 짓이
지요!

내 아내에 대한 권리를 정당하게 지킨 겁니다,

내 명예와 아내를 모욕한 놈에게.

쿠오니　성주가 당신 아내의 몸을 더럽혔소?

바움가르텐　그놈이 더러운 욕정을 채우기도 전에

하느님과 내 도끼가 벌을 내렸지요.

베르니　도끼로 머리를 쪼개 버린 거군요?

쿠오니　자, 다 말해 보시오. 사공이 호숫가에 있는 배를 풀어

띄우기까지는 시간이 걸리니 말이오.

바움가르텐　숲 속에서 나무를 베고 있는데,

아내가 죽을 듯이 겁을 먹고 달려오더군요.

성주가 우리 집에 와서

목욕을 할 테니 준비를 하라고 명했답니다.

그러곤 아내에게 부정한 짓을 요구했고,

아내는 나를 찾아 도망 나왔다더군요.

나는 내 성미대로 즉시 집으로 달려가

목욕통 속에 있는 그놈에게 도끼로 축복을 내려 주었지요.

베르니 잘했습니다. 당신을 꾸짖는 사람은 없을 거요.

쿠오니 그 폭군 놈! 결국 대가를 치렀군요!

운터발덴 주민들에게 오래전에 벌 받아야 했을 놈이오.

바움가르텐 이 일이 알려져서 추격당하게 된 겁니다.

이렇게 이야기하는 동안에도, 주여, 시간이 흘러가고 있어요.

(천둥이 치기 시작한다.)

쿠오니 어서, 사공. 이 꼿꼿한 사내를 건네주시오.

루오디 안 되오. 거센 뇌우가 몰려오고 있단 말이오.

기다려야 합니다.

바움가르텐 맙소사!

어떻게 기다리란 말이오. 늦으면 난 죽습니다.

쿠오니 (어부에게)

하느님을 믿고 배를 띄우시오. 이웃을 도와야지요.

이런 일은 누구에게나 일어날 수 있는 일이오.

(바람 소리와 천둥소리.)

루오디 푄 바람*이 시작되었소. 보시다시피 물결이 너무 거셉니다.

폭풍과 파도 때문에 배를 조종할 수도 없어요.

바움가르텐 (루오디의 무릎을 껴안는다.)

당신이 내게 자비를 베풀면 하느님도 당신을 보살필 겁니다.

베르니 생사가 걸린 문제요. 인정을 베푸시오, 사공.

쿠오니 이 사람은 아내와 자식이 있는 가장이오!

(천둥소리가 연거푸 들린다.)

루오디 뭐라고요? 내가 죽을 수도 있는 문제요.

　나도 이 사람처럼 아내와 자식이 있단 말이오.

　저길 보시오. 파도가 철썩거리고 물결이 일어 소용돌이치고,

　저 아래로부터 물이 한꺼번에 솟구쳐 오르는 것을.

　나도 저 충직한 사람을 구해 주고 싶지만,

　보다시피 도무지 불가능한 일이오.

바움가르텐 (여전히 무릎을 꿇은 채)

　그럼 이제 나는 적에게 붙잡혀야 하는 거군요,

　구원의 기슭이 바로 저기 있는데!

　바로 저기에! 눈으로는 금세 닿을 수 있고,

　목소리도 건너가는 지척인데,

　나를 건네줄 배도 있는데,

　그런데도 여기 이렇게 하릴없이 앉아 절망해야 하다니!

쿠오니 저기 누가 옵니다!

베르니 뷔르글렌*의 텔이군요.

(텔이 석궁을 들고 등장한다.)

텔 간절히 도움을 청하는 저 사람은 누구요?

쿠오니 알첼렌 사람인데 명예를 구하기 위해

　볼펜쉬센을 때려죽였답니다.

왕이 보낸 로스베르크의 성주 말입니다.

태수의 기병들이 그를 쫓고 있어요.

사공에게 호수 건너편으로 데려가 달라고 애원하고 있지만,

사공은 폭풍우가 두려워 마다하고 있어요.

루오디 텔도 노를 저을 줄 아니

어디 배를 타고 나가는지 한번 봅시다.

텔 사공, 급한 일이라면 못 할 일이 없지요.

(사나운 천둥소리가 나고, 물결치는 소리가 커진다.)

루오디 지옥의 목구멍 속으로 뛰어들라는 말입니까?

제정신이라면 아무도 안 할 짓이오.

텔 용감한 사람은 맨 마지막에 자신을 생각하지요.

하느님을 믿고 곤경에 처한 저 사람을 구해 주시오.

루오디 안전한 항구에 서서 충고하기는 쉽지요.

자, 배는 저기 있고 호수는 저기 있소! 직접 한번 해 보시오!

텔 호수는 자비를 베풀 수 있지만 태수는 그렇지 않소.

해 보시오, 사공!

목부와 사냥꾼 그를 구해 주시오! 구해요! 구해 보시오!

루오디 설사 내 형제나 자식이라 해도 안 되오.

오늘은 시몬과 유다의 날,*

호수가 날뛰면서 희생자를 요구하는 날이란 말이오.

텔 헛된 말로 되는 것은 아무것도 없소.

시간이 촉박하오. 저 사람을 도와야 합니다.

사공, 말해 보시오. 할 것이오?

루오디 못 해요, 나는!

텔 그렇다면 할 수 없지! 배를 주시오.

내 미약한 힘으로라도 시도해 보겠소.

쿠오니 아, 용감한 텔!

베르니 사냥꾼답군요!

바움가르텐 그대는 내 구원자요 천사입니다, 텔!

텔 내가 당신을 태수의 폭력에서 구해 내기는 하겠으나,

폭풍의 위험에서 구해 줄 이는 다른 분입니다.

그래도 사람 손에 죽기보다는

하느님의 뜻에 따라 죽는 것이 낫겠지요!

(목부에게)

이보시오, 내가 죽으면

아내를 위로해 주시오.

하지 않을 수 없는 일을 했을 뿐이라고 전해 주시오.

(배 안으로 뛰어든다.)

쿠오니 (어부에게)

당신은 전문적인 사공이오. 그런데도

텔이 감행하는 일을 당신은 못 하겠다는 것이군요?

루오디 분별력이 있는 사람이라면 텔을 흉내 내지 않을 일입니다.

이 산 속에서 텔 같은 사람은 한 명도 없어요.

베르니 (바위 위로 뛰어오른다.)

벌써 출발합니다. 용감한 사람, 신이 당신을 돕기를!

저기 봐요, 배가 파도 위에서 요동칩니다!

쿠오니 (기슭에서)

　물결 뒤로 사라져 버렸어요. 이제 보이지 않습니다.

　잠깐, 저기 다시 보이네요! 저 용감한 사람이

　힘차게 파도를 헤쳐 나아가고 있어요.

제피　태수의 기병들이 달려오고 있어요.

쿠오니　정말이구나! 아슬아슬하게 구원되었군.

(란덴베르거의 기병들 등장.)

첫째 기병　숨겨 놓은 살인자를 내어놓아라.

둘째 기병　그놈이 이 길로 왔으니 숨기려고 해 봐야 소용없다.

쿠오니와 루오디　누구 말입니까?

첫째 기병　(호수 위의 나룻배를 발견한다.)

　아니, 저게 뭐야! 제기랄!

베르니 (위에서)

　배 안에 있는 사람을 찾는 겁니까? 어서 달려가 봐요!

　즉시 추격하면 붙잡을 수도 있을 텐데.

둘째 기병　빌어먹을! 도망가 버렸군.

첫째 기병　(목부와 어부에게)

　너희가 저놈을 도와주었으니

　이제 우리가 주는 벌을 받아라. 가축들을 덮쳐라!

　오두막을 부수고 불태우고 무너뜨려라!

(급히 달려간다.)

제피　(허둥지둥 따라간다.)

　아이고, 내 양들!

쿠오니 (뒤따른다.)

  큰일 났다! 내 가축들!

베르니 잔인한 놈들!

루오디 (손을 비빈다.)

  정의로운 하늘이여,

  이 나라의 구원자는 언제 보내 주실 겁니까?

(그들을 뒤쫓아 간다.)

2장

슈비츠 주의 슈타이넨. 다리 근처의 국도변에 있는 슈타우파허의 집. 집 앞에는 보리수나무가 서 있다. 베르너 슈타우파허와 파이퍼 폰 루체른이 말을 주고받으면서 온다.

파이퍼 그래요, 예, 슈타우파허 씨. 제가 말씀드린 대로

  피할 수만 있다면 오스트리아에 대한 서약은 하지 마십시오.

  제국의 편에 굳게 서서 지금까지 그랬듯 꿋꿋이 버텨야 합니다.

  하느님께서 당신들의 오랜 자유를 지켜 주시기를!

(그의 손을 한번 꼭 잡은 뒤 가려고 한다.)

슈타우파허 아내가 올 때까지 기다려 주시오. 루체른에 가면

  제가 당신의 손님인 것처럼 슈비츠에서는 당신이 제 손님입니다.

파이퍼 고맙습니다만 오늘 게르자우*에 도착해야 합니다.

탐욕스럽고 오만한 관리들 때문에

고생이 이만저만이 아니겠지만,

인내심을 갖고 참아 내세요! 상황이 순식간에 바뀔 수도 있습

니다.

다른 황제가 즉위하게 되면 말입니다.

한번 오스트리아의 휘하에 들어가고 나면 영원히 바꿀 수 없습

니다.

(파이퍼는 퇴장한다. 슈타우파허는 근심 깊은 얼굴로 보리수나무

아래의 벤치에 앉는다. 그의 아내 게르트루트가 그런 그를 발견하

고 다가와 옆에 앉는다. 그녀는 한동안 말없이 그를 지켜본다.)

게르트루트　정말 심각한 얼굴이네요? 사람이 달라 보여요.

어두운 우수가 당신 이마에 깊은 주름살을 파 놓는 걸

말없이 지켜본 지도 벌써 여러 날이 지났어요.

은밀한 마음의 병이 당신 가슴을 누르고 있어요.

날 믿어요, 난 당신의 충실한 아내예요.

당신 번민의 절반을 내게 맡겨 봐요.

(슈타우파허가 말없이 그녀에게 손을 내민다.)

무엇이 당신 가슴을 짓누르고 있는지 말해 봐요.

당신의 근면함이 축복을 받아 이렇게 행복이 만발하고 있어요.

곳간은 가득 차 있고, 잘 먹여 기른 소 떼와

윤기가 흐르는 말들도

편안한 외양간에서 겨울을 나게 하려고

산에서 안전하게 데리고 왔어요.

그리고 저기 당신 집이 있어요. 귀족의 저택처럼 호사로운 집.

훌륭한 고급 목재로 새로 뼈대를 만들고,

표준 척도에 따라 반듯하게 짜 맞춘 집이에요.

수많은 창문을 통해 아늑하고 환한 빛이 흘러들고

벽에는 다채로운 방패꼴 문장(紋章)을 그려 놓고

지혜로운 격언도 적어 놓아 지나가는 나그네들이

걸음을 멈추고 그 뜻에 감탄하는 집이에요.

슈타우파어　집이야 뼈대도 튼튼하고 짜임새도 빈틈이 없지.

아, 그렇지만 집을 받치고 있는 땅이 흔들리고 있소.

게르트루트　여보, 그게 무슨 말이에요?

슈타우파어　얼마 전 난 오늘처럼 이 보리수나무 아래에 앉아 있었소.

내가 멋지게 성취해 낸 것을 즐겁게 떠올리면서 말이오.

그때 퀴스나흐트* 성의 성주*가

기병들을 이끌고 다가오더군.

그는 이 집 앞에서 경탄을 하며 멈추었소.

나는 재빨리 일어나 내 신분에 맞는

공손한 태도로 나리 앞으로 갔지.

어디까지나 그 사람은 이 땅에서

황제의 재판권을 행사하는 분이니까.

"이게 누구 집인가?" 하고 그가 물었지. 음흉한 질문이었소.

이 집이 내 집이란 건 그도 알고 있으니 말이오.

하지만 나는 눈치 빠르게 이렇게 대답했지.

"성주님, 이 집은 저의 군주님이신 황제 폐하와

성주님의 것이며, 또한 저의 봉토입니다." 그가 대답하더군.

"나는 황제의 대리인으로서 이 나라를 통치하고 있다.

나는 농부가 마치 이 땅의 주인인 양

멋대로 집을 짓고 멋대로 사는 것을

원치 않는다.

네가 그렇게 하지 못하도록 조치를 취할 것이다."

그는 거만하게 이렇게 말하고는 떠나 버렸소.

나는 그 나쁜 인간이 한 말을 생각하며

태산 같은 걱정을 떠안게 되었소.

게르트루트 사랑하는 당신,

아내의 솔직한 말을 들어 보시겠어요?

자랑스럽게도 난 노숙하고 고결한

이베르크의 딸이에요.*

주민 대표들이 아버지를 찾아와

옛 황제 시대의 오랜 문서*를 읽고

나라의 번영에 대해

사려 깊은 대화를 나눌 때,

우리 자매들은 실을 자으며

그 곁에 앉아 있었지요.

그럴 때 난 사리에 밝은 말을 들으며

총명한 사람이 생각하는 것과

선한 사람이 바라는 것이 무엇인지 듣게 되었고,

그 말을 조용히 마음에 새겼어요.

그러니 지금은 내 말을 잘 들어 봐요.

무엇이 당신을 괴롭히는지 나는 벌써 알고 있으니까요.

성주는 골칫거리인 당신을 해치려 하고 있어요.

지금 슈비츠 사람들이 새 왕조에 굴복하지 않고

존경스런 조상들이 늘 그렇게 해 온 것처럼

제국에만 굳건한 충성을 바치려고 하기 때문에

성주는 당신을 제거하고 싶은 거예요.

그렇지 않아요, 베르너? 내가 틀렸다면 말해 봐요!

슈타우파어 그렇소, 그것이 바로 게슬러가 나를 미워하는 이유요.

게르트루트 그는 당신을 질투하고 있어요. 당신은 행복하게 생활
하고,

선조가 물려준 땅 위에서 자유롭게 살고 있으니까요.

게슬러에겐 이런 땅이 없어요. 황제와 제국이 직접

당신에게 이 집을 봉토로 주었으니 당신은 마치

영주가 자기 땅을 자랑하는 것처럼 이 집을 자랑할 수 있어요.

당신을 다스리는 주인이란 오로지

기독교 세상의 최고 권력자*밖에 없으니까요.

게슬러는 자기 집안의 장남도 아니니

기사복 외에는 소유한 것이 없죠.

그래서 그는 충직한 사람의 행복을

악독한 질투의 눈으로 흘겨보는 거예요.

그는 오래전부터 **당신을** 파멸시키려고 작정했어요.

아직 당신은 다치지 않았어요. 하지만 그가 당신을 쳐서

사악한 욕망을 채울 때까지 기다릴 작정인가요?

똑똑한 사람은 미리 준비를 해 두는 법이에요.

슈타우파허　어떻게 말이오?

게르트루트　(가까이 다가선다.)

잘 들어 보세요! 당신도 알다시피

여기 슈비츠의 정직한 사람들은 누구나

태수의 탐욕과 폭정을 원망하고 있어요.

마찬가지로 호수 건너편의

운터발덴과 우리(Uri) 주의 사람들도 분명히

횡포와 무자비한 억압에 지쳐 있어요.

이곳의 게슬러처럼 호수 저편에서는

란덴베르거가 뻔뻔스런 짓을 하고 있으니까요.

어부들이 배를 타고 올 때마다

성주들이 저지른 새로운 만행과 폭력을

알려 주고 있어요.

그러니 이런 억압을 어떻게 떨쳐 버릴지에 대해

생각이 진지한 몇몇 사람들이 모여

은밀히 토의해 보는 게 좋을 거예요.

하느님도 당신들을 버리지 않고

정당한 일을 자비롭게 도와주실 거예요.

말해 보세요, 우리 주에

당신의 마음을 솔직히 털어놓을 친구가 있나요?

슈타우파허　용감한 사람들을 많이 알고 있소.

　또 나와 절친하고 흉금을 털어놓을 수 있는

　존경받는 훌륭한 영주들도 있고.

(일어선다.)

　여보, 당신이 내 고요한 마음속에

　이런 위험한 생각의 소용돌이를 일으키다니! 내 가슴속에 깊이

　묻어 두었던 것을 당신이 백일하에 드러내는구려.

　내가 묵묵히 억눌러 온 생각을

　당신은 이렇게 수월하고 대담하게 말하는구려.

　지금 당신이 내게 무엇을 권한 건지 잘 생각해 보았소?

　당신은 지금 이 평화로운 골짜기에

　거센 투쟁과 무기 부딪치는 소리를 불러들이는 것이라오.

　힘없는 목부들일 뿐인 우리가

　세상의 군주들과 전투를 벌일 수 있겠소?

　그들은 지금 좋은 구실만 기다리고 있소.

　사나운 군사들을 이끌고

　이 불쌍한 땅으로 쳐들어와

　승자의 권리로 제멋대로 행세하고는

　정당하게 벌을 준다는 미명 아래

　유서 깊은 '자유 서한'을 없애 버릴 구실 말이오.

게르트루트　당신들도 도끼를 다룰 줄 아는 남자예요.

　그리고 하느님은 용감한 자를 도와주시죠.

슈타우파허　아, 여보! 전쟁이란 끔찍한 광란의 공포라오.

가축들, 그리고 목부마저 죽이는 게 전쟁이야.

게르트루트   하늘이 보내신 건 견뎌 내야 하는 거예요.

고결한 가슴을 지닌 사람은 부당한 일을 두고 보지 않아요.

슈타우파허   우리가 새로 지어 당신을 즐겁게 해 주는 이 집,

무시무시한 전쟁은 이 집도 불태워 버릴 거야.

게르트루트   내 마음이 무상한 재물에 사로잡혀 있는 거라면

내 손으로 직접 집에 불을 지르겠어요.

슈타우파허   인간성을 믿는군! 하지만 전쟁은

요람 속의 연약한 아기도 봐주지 않아.

게르트루트   하늘은 죄 없는 자에게는 친절한 곳이죠.

여보, 뒤돌아보지 말고 앞을 바라봐요.

슈타우파허   우리 남자들이야 용감하게 싸우다가 죽을 수 있지만,

당신 같은 여자들은 어떤 운명을 맞게 될까?

게르트루트   아무리 약한 사람에게도 최후의 수단은 남아 있어요.

이 다리에서 뛰어내리면 자유롭게 될 거예요.

슈타우파허   (그녀를 와락 껴안는다.)

이런 가슴을 부둥켜안을 수 있는 사람이라면

가축과 농장을 위해 기꺼이 싸울 수 있소.

왕의 군대도 두렵지 않소.

나는 즉시 우리 주로 달려가겠소.

이 시대에 대한 생각이 나와 같은

내 친구 발터 퓌르스트 씨가 거기 살고 있소.

고결한 방기 기사 폰 아팅하우젠도

거기 사시지. 귀족 신분이지만

백성을 사랑하고 오랜 전통을 존중하는 분이오.

나라의 적들을 용감하게 물리칠 방도에 대해

그 두 사람과 함께 의논해 보도록 하겠소.

잘 있구려. 내가 없는 동안

이 집을 슬기롭게 꾸려 가 주시오.

성지를 찾아 나선 순례자나

수도원을 위해 모금하는 경건한 수도승에게는

넉넉하게 베풀고 잘 대접해 보내 드려야 하오.

슈타우파허의 집은 숨어 있지 않아.

탁 트인 대로 바로 곁에 세운 이 집은

지나가는 모든 나그네들에게 친절한 숙소가 되어야 하오.

(그들이 무대 뒤로 퇴장하는 사이에 빌헬름 텔이 바움가르텐과 함께 무대 앞쪽으로 나온다.)

텔 (바움가르텐에게)

이제 내가 더 같이 갈 필요가 없소.

저 집으로 들어가시오. 곤경에 빠진 사람들의

아버지라 불리는 슈타우파허의 집이오.

가만, 저길 봐요, 그가 저기 있군요. 자, 날 따라오시오!

(두 사람은 그를 향해 간다. 장면이 바뀐다.)

3장

알트도르프*의 광장. 뒤에 보이는 언덕 위에서는 요새가 건설되고 있는데, 이미 공사가 상당히 진척되어 전체적인 형태를 갖추고 있다. 요새의 뒷면은 벌써 완성되었고, 지금은 앞면을 짓는 중이다. 비계가 설치되어 있고, 일꾼들이 그 위를 오르내리고 있다. 맨 꼭대기의 비스듬한 지붕 위에는 지붕 공사를 하는 사람들이 매달려 있다. 다들 바삐 움직이면서 일하고 있다.

부역 감독관, 석수 장인과 직인, 막일꾼들.

부역 감독관   (막대기를 들고 일꾼들을 다그친다.)

　　놀지 말고 빨리 일해! 벽돌을 이리로,

　　석회와 모르타르도 가져와!

　　태수님께서 공사 진척 상황을 보러 오실 텐데

　　이렇게 달팽이 모양으로 느릿느릿해서야 되겠어?

(짐을 지고 가는 두 명의 막일꾼들에게)

　　그게 짐이냐? 두 배를 짊어져!

　　빈둥대며 일하는 시늉만 하는 꼴이라니!

첫째 직인   우리를 탄압하고 가두어 놓을 감옥 짓는 돌을

　　우리 스스로 날라야 하다니, 어처구니가 없군!

부역 감독관   뭐라고 중얼거려? 가축의 젖이나 짜고

　　산 위에서 게으르게 빈둥거리는 것 말고는

　　할 줄 아는 게 없는 족속이군.

노인 (쉰다.)

　더는 못 하겠소.

부역 감독관 (그를 잡고 흔든다.)

　이봐, 늙은이, 당장 일어나!

첫째 직인 자기 몸 하나 가누기 힘든 노인에게

　이렇게 힘든 노역을 시키다니,

　도대체 당신에겐 동정심도 없소?

석수 장인과 직인들 이건 말도 안 돼!

부역 감독관 난 내 직분을 다하는 것뿐이니 맡은 일이나 알아서
해!

둘째 직인 감독관, 우리가 짓는

　이 요새의 이름은 뭐라고 할 거요?

부역 감독관 '츠빙 우리'*라고 부를 것이다.

　너희를 이 멍에로 굴복시킬 것이니 말이다.

직인들 츠빙 우리라니!

부역 감독관 뭐가 우스워?

둘째 직인 요 오두막을 가지고 우리 주를 지배하겠다는 거요?

첫째 직인 두더지가 쌓아 놓은 흙무덤 같은 요런 것을

　얼마나 겹쳐 놓아야 우리 주의 제일 작은 산처럼 되는지

　한번 지켜봅시다!

(부역 감독관, 무대 뒤쪽으로 간다.)

석수 장인 이 저주받을 요새를 짓는 데 쓰인

　이 망치는 호수 깊숙이 던져 버릴 테다!

(텔과 슈타우파허가 온다.)

슈타우파허 아, 죽지 못해 이런 꼴을 보게 되는구나!

텔 여긴 있을 데가 못 되는군요. 어서 지나가시지요.

슈타우파허 여기가 자유로운 우리 주가 맞소?

석수 장인 아이고, 탑 아래의 지하실을
　한번 보고 말하시오! 거기 갇히는 사람은
　닭 우는 소리도 영영 듣지 못할 거요!

슈타우파허 오, 하느님!

석수 장인 이 측벽을 보시오. 이 부벽(扶壁)도.
　영원히 무너지지 않게 지어 놓은 것이오!

텔 손으로 지은 것은 손으로 무너뜨릴 수 있소.

(산을 가리킨다.)

　하느님은 우리에게 자유의 집을 지어 주셨소.

(북소리가 들린다. 모자를 걸어 놓은 장대를 든 사람들이 등장한다. 전령이 그 뒤를 따르고, 여자들과 아이들이 소란스럽게 몰려든다.)

첫째 직인 이게 무슨 북소리지? 가만있어 봐!

석수 장인 이게 웬 사육제 행진인가? 저 모자는 또 뭐지?

전령 황제께서 이르신다! 잘 들어라!

직인들 조용히 해 봐! 들어 보자!

전령 우리 주의 남자들, 이 모자를 보아라!
　앞으로 알트도르프 한가운데의 가장 높은 곳에
　이 모자가 긴 장대 위에 걸려 있을 것이다.

그리고 태수님의 뜻과 생각은 이렇다.

너희는 태수님을 대하듯이 이 모자에 경의를 표해야 한다.

쓰고 있던 모자를 벗고 무릎을 꿇어 이 모자에 인사를 드려라.

왕께서는 이로써 복종심을 확인하시려는 것이다.

이 명령을 어기는 자는 생명과 재산을

왕께 몰수당할 것이다.

(군중이 크게 웃는다. 북소리가 울리고, 행렬은 다른 곳으로 간다.)

첫째 직인 이놈의 태수가 도대체 무슨 말도 안 되는 수작을 하는 거지?

모자에 대고 인사를 하라니!

말해 봐! 누구 이런 짓거리를 들어 본 사람 있나?

석수 장인 모자 앞에서 무릎을 꿇으라니!

이게 진정 존엄한 사람을 데리고 할 놀음인가?

첫째 직인 황제의 왕관이라도 그럴 순 없지!

게다가 저건 오스트리아의 모자라고.

봉토를 나눠 줄 때 왕좌 위에 걸려 있는 걸 봤다네.

석수 장인 오스트리아의 모자로군! 조심해,

저건 우리를 오스트리아에 복속시키려는 함정이야!

직인들 명예를 소중히 생각하는 사람이라면 이런 모욕을 참을 수 없지.

석수 장인 자, 같이 가서 다른 사람들과 의논해 보세.

(그들은 골짜기 아래로 내려간다.)

텔 (슈타우파허에게)

이제 상황을 아시겠지요. 자, 그럼 먼저 가겠습니다.

슈타우파허 어디 가려는 거요? 아, 너무 서두르지 마시오.

텔 집으로 돌아가야 할 시간입니다. 그럼 이만.

슈타우파허 당신과 이야기하고 싶은 마음이 굴뚝같소.

텔 말을 한다고 마음이 가벼워지지는 않습니다.

슈타우파허 그래도 말을 나누다 보면 행동을 할 수 있게 되오.

텔 지금 해야 할 유일한 행동이란 인내와 침묵뿐입니다.

슈타우파허 견딜 수 없는 상황을 참기만 해야 한다는 거요?

텔 폭군은 오래가지 못하는 법입니다.

협곡에서 휜 바람이 일어나면

사람들은 불을 끄고, 배들은 황급히

항구를 찾지요. 그러면 강풍도

아무런 해를 끼치지 않고 흔적도 없이 지나갑니다.

지금은 누구나 집에서 조용히 지낼 때입니다.

가만히 있는 사람은 그냥 가만히 내버려 둡니다.

슈타우파허 그럴까요?

텔 뱀도 가만있는 사람은 물지 않습니다.

백성들이 동요를 하지 않으면

그들도 결국 저절로 지치고 말 겁니다.

슈타우파허 단결하면 우리도 큰일을 할 수 있어요.

텔 배가 침몰할 때는 혼자 몸을 건사하는 게 더 쉽지요.

슈파우파허 공동의 문제를 그렇게 냉정하게 외면할 겁니까?

텔 확실히 믿을 건 자기뿐입니다.

슈파우파허 약자들도 단결하면 강해집니다.

텔 강자는 혼자일 때 제일 큰 힘을 발휘합니다.

슈타우파허 그러면 조국이 절망적으로 정당방위를 해야 할 상황이 와도

당신은 동참하지 않을 거로군요?

텔 (그에게 손을 내민다.)

텔은 양이 절벽에 매달려 있어도 구해 냅니다.

그런데 곤경에 빠진 친구를 그냥 두겠습니까?

하지만 무슨 일을 할지 말하는 자리에 부르지는 마세요.

저는 오래 따져 보고 선택하는 일은 못합니다.

다만 어떤 행동을 하는 데 제가 필요하다면

저를 부르세요. 텔은 빠지지 않을 겁니다.

(두 사람은 서로 다른 방향으로 퇴장한다. 갑자기 비계 주위에서 소란이 일어난다.)

석수 장인 (빨리 달려간다.)

무슨 일이야?

첫째 직인 (소리를 지르며 앞으로 나온다.)

지붕 작업을 하던 사람이 떨어졌어요.

(베르타가 시종들과 함께 등장.)

베르타 (급히 뛰어온다.)

심하게 부딪혔어요? 뛰어요, 구해 주세요, 도와 줘요!

도울 수 있으면 도와줘요, 여기 금이 있어요!

(값비싼 장신구를 사람들 앞에 던진다.)

석수 장인 당신들의 금으로…… 그 금으로

뭐든지 살 수 있다고 생각하시오?

자식들에게서 아버지를, 아내에게서 남편을 빼앗고

뭇사람들에게 고통을 안겨 줄 때도

당신들은 금으로 보상할 수 있다고 생각하지요.

가시오! 당신들이 오기 전 우리는 행복했소.

당신들이 절망을 불러들인 것이오.

베르타 (돌아오는 부역 감독관에게)

살았어요?

(부역 감독관이 고개를 젓는다.)

아, 불행의 성채여, 저주로 지어졌으니

저주가 이 안에 살리라!

(퇴장한다.)

4장

발터 퓌르스트의 집. 발터 퓌르스트와 아르놀트 폼 멜히탈이 서로
다른 쪽에서 동시에 들어온다.

멜히탈 어르신!

발터 퓌르스트 누가 들이닥치기라도 하면 어쩌려고 그러는가!

가만히 숨어 있게. 첩자가 사방에 깔렸네.

멜히탈　운터발덴 소식은 들으신 게 없습니까?

아버지 소식은요? 이제는 죄수처럼 여기 숨어

멍하니 드러누워 지내는 것이 지긋지긋합니다.

제가 살인자처럼 여기 은신해야 할 만큼

잘못한 게 도대체 뭐죠?

제가 기르는 황소들 중에 가장 수레를 잘 끄는 놈들을

태수의 지시에 따라 제 눈앞에서 뺏어 가려던

뻔뻔스런 녀석의 손가락을

몽둥이로 분질러 놓은 거밖에는 없습니다.

발터 퓌르스트　자넨 너무 성급했어. 그 녀석을 보낸 사람은

자네를 다스리는 관헌의 태수였네.

자넨 죄를 지은 거야. 아무리 심한 벌이라도

묵묵히 받아들이는 게 자네가 할 일이었어.

멜히탈　그 철면피 같은 놈이 촐랑거리면서

이렇게 지껄이는데도 참아야 한다고요?

"농부가 빵을 먹으려면 직접 쟁기를 끌어야지!"

그놈이 저의 멋진 황소들을 쟁기에서 풀어 낼 때

제 가슴은 찢어질 것 같았습니다.

황소들도 부당하다고 느끼기라도 한 듯

굵은 소리를 지르며 뿔로 밀어 댔어요.

그 순간 저는 당연히 분노에 휩싸여

자제를 하지 못하고 그놈을 때린 겁니다.

발터 퓌르스트　아, 우리도 마음을 다스리기 힘든데

어떻게 성급한 젊은이가 자제할 수 있을까!

멜히탈 저는 지금 아버지 걱정뿐입니다. 수발이 절실한 분인데,

아들이 이렇게 멀리 있으니까요.

아버지는 줄곧 법과 자유를 위해 올곧게 싸워 오신 분이어서

태수의 미움을 받고 있습니다.

그러니 그들이 늙으신 아버지를 괴롭힐 텐데,

아버지가 수모를 당하시지 않도록 막아 줄 사람이 없어요.

제게 무슨 일이 일어나든 저는 건너가야 합니다.

발터 퓌르스트 운터발덴에서 소식이 올 때까지

끈기 있게 참고 기다려야 하네.

누가 문을 두드리는군. 가서 숨게.

태수가 보낸 전령인지도 모르니. 들어가게.

우리 주에서도 자네는 란덴베르거 태수의 손아귀에서

벗어난 게 아니야. 폭군들이 서로 협력하고 있으니 말이네.

멜히탈 우리가 해야 할 일을 그들이 먼저 하고 있군요.

발터 퓌르스트 들어가게!

여기가 안전해지면 다시 부르겠네.

(멜히탈이 들어간다.)

저 청년이 불쌍하구나, 내 안의 이 불길한 예감을

그에게는 말해 줄 수 없으니. 누구시오?

누가 문을 두드릴 때마다 불행한 일이 일어날 것 같아.

배신과 적의가 사방에서 엿듣고 있고,

권력의 밀고자들이 집 안 깊숙한 곳까지 파고들어 오니,

문에 자물쇠와 빗장을 달아야 할 날도 머지않았구나.

(그는 문을 열고는 깜짝 놀라 뒤로 물러선다. 베르너 슈타우파허가 들어온다.)

이게 누구요? 베르너가 아니오! 웬일이오!

귀하고 소중한 손님이 오셨군요.

당신만큼 훌륭한 사람이 이 문턱을 넘은 적은 없소.

어서 들어오시오!

무슨 일로 오셨소? 우리 주에서 무슨 볼일이라도 있으시오?

슈타우파허   (그에게 손을 내밀며)

옛 시절과 옛 스위스를 찾아왔지요.

발터 퓌르스트   당치 않소, 그건 당신이 가져오신 거요. 보시오,

당신을 보니 이렇게 기분이 좋고 마음이 훈훈해지지 않소.

자, 앉으시오. 현명한 이베르크의 총명한 딸이자

당신의 상냥한 아내인 게르트루트는 혼자 두고 오셨소?

마인라츠 첼*을 거쳐 이탈리아로 가는

독일 여행객들은 누구나

당신 집의 친절함을 칭송하더군.

지금 플뤼엘렌*에서 곧장 오시는 길이오?

이 집에 오기 전에 다른 곳은

들르지 않았소?

슈타우파허   (앉는다.)

놀라운 새 작품이 만들어지고 있는 건 봤지요.

불쾌하더군요.

발터 퓌르스트   오, 친구 양반, 그걸 봤으면 다 본 거나 마찬가지요.

슈타우파허   우리 주에 그런 건 한 번도 없었지요.

예로부터 백성을 억압하기 위한 그런 성은 여기 없었어요.

묘지 말고는 방어 시설을 갖춘 집도 없었지요.

발터 퓌르스트   맞아요, 자유의 묘지지요. 이름 한번 잘 붙여 주셨소.

슈타우파허   발터 퓌르스트 씨, 둘러대지 않고 솔직히 말하겠소.

나는 한가한 호기심 때문에 여기 온 게 아니오.

큰 걱정거리가 있어요. 고통 때문에 집을 나섰는데,

여기서도 만나는 게 고통이군요.

우리가 당하고 있는 일은 실로 견디기 힘들 뿐더러,

이 고통이 언제 끝날지조차 알 수가 없어요.

스위스는 태곳적부터 자유로운 곳이었고,

누구나 우리를 정중하게 대해 왔지요.

목동이 이 산 위로 올라온 뒤로

이런 일은 단 한 번도 일어나지 않았어요.

발터 퓌르스트   그렇소, 그들이 하는 짓은 전례가 없는 일이지요!

옛 시절을 직접 겪으신

우리의 고귀한 아팅하우젠 님께서도

더는 참을 수 없다고 말씀하시더군요.

슈타우파허   건너편 운터발덴에서도 사태는 심각합니다.

죄가 피를 부르고 있어요. 로스베르크 성에서 살던

황제의 행정관 볼펜쉬센이

금단의 열매에 욕정을 느껴

알첼렌에 사는 바움가르텐의 아내를

뻔뻔스럽게 겁탈하려고 했지요.

바움가르텐은 그를 도끼로 찍어 죽여 버렸습니다.

발터 퓌르스트   오, 하느님의 심판은 정의롭습니다!

바움가르텐이라고 했습니까? 총명한 사람이지요!

지금은 도망가 잘 은신해 있답니까?

슈타우파허   당신의 사위 텔이 그를 호수 반대편으로 도망시켜 줬습니다.

제가 슈타이넨에 있는 우리 집에 숨겨 놓았지요.

그는 자르넨*에서 일어난

더 끔찍한 사건을 들려주더군요.

신실한 사람이라면 누구나 가슴에서 피를 토할 일입니다.

발터 퓌르스트   (경청하면서)

말씀해 보십시오, 무슨 일입니까?

슈타우파허   케른스를 거쳐 가면 나오는 멜히탈에서 사는

정의로운 사람이 있는데,

이름이 하인리히 폰 데어 할덴이라고 합니다.

그 동네에서는 영향력이 큰 사람이지요.

발터 퓌르스트   그를 모르는 사람이 있겠소! 그에게 무슨 일이? 다 말해 보시오.

슈타우파허   그의 아들이 작은 실수를 저질러

란덴베르거가 벌을 준다는 구실로 하수인을 보냈습니다.

하인이 제일 좋은 황소 한 쌍을 쟁기에서 떼어 내려고 하자

그 아들이 그만 하인을 때려눕히고 도망을 쳤지요.

발터 퓌르스트 (극도로 긴장하여)

그러면 그 아버지는? 그는 어떻게 됐습니까?

슈타우파허 란덴베르거는 아버지에게

즉시 아들을 데리고 오라고 요구했습니다.

하지만 노인이 아들이 어디로 도망갔는지 모른다고

사실대로 맹세하자

란덴베르거는 고문하는 자들을 불렀어요.

발터 퓌르스트 (벌떡 일어나 슈타우파허를 다른 쪽으로 데리고

가려 한다.)

오, 그만, 더 말하지 마세요!

슈타우파허 (높아지는 어조로)

"아들을 잡을 수 없다면

너라도 족쳐야지." 그는 노인을 넘어뜨리고

뾰족한 송곳으로 눈을 파내게 했습니다.

발터 퓌르스트 맙소사!

멜히탈 (앞으로 뛰어나온다.)

눈을 파냈다고 하셨습니까?

슈타우파허 (놀라서 발터 퓌르스트를 향해)

이 젊은이는 누구입니까?

멜히탈 (경련하듯 격렬하게 그를 붙잡으며)

눈을 파냈다고요? 말씀해 주십시오.

발터 퓌르스트 아 불쌍하구나!

슈타우파허 누구요?

(발터 퓌르스트가 그에게 신호를 보내자)

　이 사람이 그 아들이오? 아이고, 이게 웬일입니까!

멜히탈 그런데도 나는 이렇게 멀리 있다니!

　양쪽 눈을 다 그랬습니까?

발터 퓌르스트 진정하게나, 사내답게 참아야 하네!

멜히탈 내 죄 때문에, 내 경솔함 때문에!

　그러니까 장님이 되신 겁니까? 정말 앞을 못 보는, 아무것도 못
보는 장님이?

슈타우파허 그렇다네. 시력의 원천이 빠져나왔으니

　두 번 다시 햇빛을 보실 수 없게 됐네.

발터 퓌르스트 젊은이에게 고통스런 말을 그만하시오!

멜히탈 다시는! 영영 다시는!

(그는 손으로 눈을 가리고 잠시 말이 없다가 두 사람을 번갈아 쳐
다본 뒤, 눈물로 목이 막힌 부드러운 음성으로 말한다.)

　오, 눈의 빛은

　하늘이 주신 고귀한 선물입니다. 만물이,

　모든 행복한 피조물이 빛으로 살아갑니다.

　식물조차 즐거이 빛을 향해 몸을 돌리지요.

　하지만 아버님은 밤 속에, 영원한 암흑 속에

　그저 막연한 느낌만 지닌 채 앉아 계셔야 합니다. 초원의 따사
로운 푸름도,

　꽃의 청순함도 아버님께 상쾌함을 전해 주지 못하고,

석양에 붉게 물든 산정도 보실 수 없게 되었습니다.

죽는 건 아무 일도 아닙니다. 하지만 **살아 있으면서 보지 못한다**는 건

끔찍한 일입니다. 왜 저를 그렇게 측은하게 쳐다보시는 거죠?

제겐 두 개의 건강한 눈이 있지만,

앞을 못 보는 아버님께는 하나도 드릴 수 없습니다.

찬란하고 화려하게 이 두 눈으로 파고드는

빛의 바다를 한 방울도 나눠 드릴 수가 없어요.

슈타우파허   오, 자네의 고통을 치료해 주기는커녕

오히려 더 키워야만 하겠군. 자네 아버지에게 필요한 건 더 있네!

태수가 그의 재산을 모조리 빼앗아 갔기 때문일세.

앞도 못 보는 몸으로 벌거벗고 이 집 저 집 돌아다니라고

지팡이 하나만 남겨 두었지.

멜히탈   눈 없는 노인에게 지팡이만 남겨 두다니!

모든 걸, 아무리 가난한 자라도

가지고 있는 햇빛마저도 빼앗아 갔구나.

이제 더 이상 여기 숨어 지내야 한다고 말하지 마십시오.

내 신변만 걱정하고 **아버님의 신변은**

잊어버리다니 나는 얼마나

비열하고 가련한 놈인가! 자애로운 아버님을

폭군의 손아귀에 저당물로 잡혀 두게 하다니!

비겁한 조심성이여, 이제 물러가라. 이제 나는

선혈이 낭자한 복수만 생각하겠다.

호수를 건너가겠어요. 아무도 나를 말리지 마십시오.

태수에게 아버님의 눈을 돌려 달라고 요구하겠습니다.

모든 기병들 사이에서

그놈을 찾아내겠습니다. 삶에 미련은 없어요.

이 엄청난 불같은 고통을

그놈의 피로 적셔 식힐 수만 있다면.

(그가 가려고 한다.)

발터 퓌르스트　잠깐!

그에게 맞서 자네가 무슨 일을 할 수 있겠는가?

지금 자르넨의 높이 솟은 성 위에 앉아 있는 그는

안전한 요새에 둘러싸여 자네의 무력한 분노를 조롱하고 있을 걸세.

멜히탈　설령 그가 **슈렉호른 산*** 위의 얼음 궁전, 아니

그보다 더 높이 태곳적부터 베일을 덮어쓰고 있는

융프라우 산*에 산다고 해도 저는 그에게 닿을 길을 만들어 내겠습니다.

저와 생각이 같은 스무 명의 젊은이들을 규합하여

그의 요새를 분쇄해 버릴 겁니다.

설령 아무도 저를 따르지 않고 당신들 모두

오두막과 가축을 보호하려고

폭군의 압제에 굴복한다고 해도

저는 산 위로 올라가 목부들을 불러 모으겠습니다.

자유로운 하늘 아래 아직 정신이 살아 있고,

건강한 가슴이 남아 있는 그곳에서

이 끔찍하고 잔인한 일에 대해 이야기할 겁니다.

슈타우파허 (발터 퓌르스트에게)

사태는 절정에 달해 있습니다.

최악의 사건이 발생할 때까지 기다리는 것이……

멜히탈 눈구멍에 박힌 눈알도 안전하지 않은데

여전히 기다려야 할 최악의 사태란 것이

도대체 무엇입니까?

우리는 전혀 방어할 능력이 없다는 말입니까?

석궁에 줄을 매고 묵직한 전투용 도끼를

다루는 방법은 무엇 때문에 배운 거지요?

절망적인 공포에 휩싸인 모든 존재는

비상시의 무기를 사용할 줄 압니다.

기진맥진한 사슴은 자세를 가다듬고

사냥개들에게 무서운 뿔을 보여 줍니다.

영양은 사냥꾼을 절벽 아래로 밀어뜨립니다.

엄청난 힘을 지닌 목으로 참을성 있게 멍에를 끄는

순한 가축인 황소조차도

성이 나면 적을 향해 펄쩍 뛰어가 강력한 뿔을 들이밀고

적을 하늘 높이 내던져 버립니다.

발터 퓌르스트 세 주가 모두 우리 세 사람처럼 생각한다면

우리는 무언가 해낼 수 있을 것이오.

슈타우파허 우리 주가 외치고 운터발덴 주가 돕는다면

슈비츠 사람들은 옛 동맹을 지킬 겁니다.

멜히탈 운터발덴에는 제 친구들이 많습니다.

다른 사람들이 밀어 주고 방패가 되어 준다면

그들은 모두 기꺼이 피와 살을 바칠 것입니다.

오, 이 땅의 충실한 아버지들이시여!

경험 많은 여러분 사이에서

저는 단지 애송이에 불과합니다.

민회* 때 저는 겸손하게 침묵해야 합니다.

하지만 제가 아직 젊고 경험이 부족하다고 해서

저의 충고와 생각을 무시하지는 마십시오.

저를 움직이는 것은 젊은이의 모험적인 혈기가 아니라,

암벽의 돌들조차 눈물을 흘리게 할

극단적인 처참함의 고통스런 위력입니다.

두 분도 한 집의 가장인 아버지들이시니

두 분의 귀중한 곱슬머리를 소중히 생각하고

두 분의 빛나는 눈동자를 성심껏 지켜 주는

충실한 아들을 원하시겠지요.

아직 두 분의 몸과 재산이 온전하고

두 분의 눈이 건강하고 환하게 움직이고 있다고 해서

우리의 고통을 남의 일처럼 여기지는 마십시오.

폭군의 칼은 두 분의 머리도 노리고 있습니다.

두 분께서는 이 땅을 오스트리아에게 바치지 않았습니다.

제 아버님의 죄도 바로 그것이었지요.

그러니 두 분도 똑같은 죄로 인해 똑같은 처벌을 받게 될 것입니다.

슈타우파허   (발터 퓌르스트에게)

결정하시오. 나는 행동을 같이할 준비가 되었습니다.

발터 퓌르스트   질리낸*의 귀족들과 아팅하우젠 님께서는

어떤 생각인지 들어 보기로 합시다.

그분들이 동참하시면 함께할 사람들이 더 많아질 것이오.

멜히탈   숲으로 덮인 산 위에서

두 분의 이름만큼 존경받는 이름이 또 있습니까?

민중은 참된 가치를 지닌 이런 이름들만

믿습니다. 뛰어난 명성을 지닌 이름들이지요.

두 분께서는 선대로부터 커다란 덕성을 이어받아

스스로 훨씬 더 키워 오셨습니다.

귀족이 왜 필요합니까? 우리끼리 해 봅시다.

이 땅에 우리뿐이라도 어떻습니까! 제 말은

우리가 자력으로 스스로 방어할 줄 알아야 한다는 겁니다.

슈타우파허   귀족들은 우리처럼 절박하지는 않아요.

골짜기에서는 강물이 날뛰고 있지만

아직 높은 곳은 평온합니다.

하지만 일단 전투가 시작되고 나면

그들도 우리를 돕게 될 겁니다.

발터 퓌르스트   우리와 오스트리아 사이에 어떤 중재인이 있다면

법에 결정을 맡기는 게 좋겠지만,

우리를 억압하는 사람이 다름 아닌 황제이자

최고 재판관이니 이제 하느님께서

우리의 팔에 힘을 불어넣어 주시기를 바랄 뿐이오.

당신은 슈비츠 사람들의 뜻을 알아보시오.

나는 우리 주에서 동지들을 규합하겠소.

그런데 운터발덴에는 누구를 보낸다?

멜히탈　저를 보내 주십시오. 저보다 더 적격인 사람이 있겠습니까?

발터 퓌르스트　허락할 수 없네. 자네는 내 손님이니

자네의 안전을 지켜야 하네!

멜히탈　보내 주십시오!

저는 은밀한 길도 알고 가파른 암벽도 오를 수 있습니다.

또 저를 적에게서 숨겨 주고 제게 묵을 곳을 마련해 줄

친구들도 충분히 많이 있습니다.

슈타우파허　하늘의 뜻에 맡기고 이 사람을 보내 줍시다.

건너편에 배반자는 없어요. 다들 폭정을

너무 증오하기 때문에 끄나풀이 될 사람이 없소.

알첼렌의 그 남자*도 니트 뎀 발트*에서

동지들을 규합하고 분위기를 고조시킬 것이오.

멜히탈　폭군의 의심 많은 눈을 속여

안전하게 서로 연락할 방법은 없겠습니까?

슈타우파허　상인들의 배가 정박하는

브룬넨이나 트라입*에서 모일 수 있을 걸세.

발터 퓌르스트　그렇게 공개적으로 일을 해서는 안 됩니다.

내 생각을 들어 보시오. 브룬넨으로 가다 보면

호수 왼쪽으로 뮈텐슈타인* 바로 위에

덤불 속에 숨어 있는 풀밭이 있소.

목부들은 거기를 **뤼틀리**라고 부르는데,

거기 있던 나무가 모조리 뽑혀 버렸기 때문이지요.

슈비츠 주와 (멜히탈에게) 자네가 사는 주의

경계가 만나는 지점이고, (슈타우파허에게)

당신은 슈비츠에서 작은 배를 타고 금방 건너오실 수 있을 게요.

밤에 인적 드문 오솔길을 따라 거기로 가서

은밀히 상의할 수 있소.

각 주에서 우리와 뜻이 같고 믿을 만한

열 명의 남자들을 모아 그곳으로 오면

공동의 문제를 함께 토의해서

하느님과 함께 새로이 결정할 수 있을 것이오.

슈타우파허 그러지요. 이제 당신의 충직한 오른손을

제게 주시고, 자네도 손을 이리 내밀게.

우리 세 사람이 지금 이렇게 정직하고 거짓 없이

서로 손을 맞잡은 것처럼

우리 세 **주**도 이 땅을 방어하기 위해

굳게 단결하여 생사를 같이합시다.

발터 퓌르스트와 멜히탈 생사를 같이합시다!

(세 사람은 말없이 손을 맞잡은 채 잠시 가만히 있다.)

멜히탈 눈먼 늙으신 아버님!

자유의 날을 더 이상 보실 수는 없지만,

그날의 소리는 꼭 들려 드리겠습니다.

알프스 곳곳에서 횃불이 타오르며 서로 신호하고

폭정의 견고한 성이 무너지면

스위스 사람들이 당신의 오두막으로 몰려들어

기쁜 소식을 들려 드릴 겁니다.

그러면 당신의 어둠도 환한 대낮을 맞이하게 되겠지요.

(세 사람, 헤어진다.)

2막

1장

아팅하우젠 남작의 저택.

방패꼴 문장과 투구로 장식된 고딕식 홀. 85세의 노인인 남작은 키가 크고 고상한 풍채를 지니고 있으며, 영양의 뿔이 달린 지팡이를 짚고 털가죽 재킷을 입고 있다. 쿠오니 외 여섯 명의 하인들이 갈퀴와 큰 낫을 들고 그를 둘러서 있다. 울리히 폰 루덴츠가 기사복을 입고 등장한다.

루덴츠　저 왔습니다. 부르신 이유가?

아팅하우젠　우리 집안의 오랜 풍속대로
　하인들과 아침 술을 나누고 있으니 잠깐 기다려라.
(그는 잔을 들이키고 난 뒤 잔을 돌린다.)
　평소에는 내가 직접 들과 숲으로 나가

이들이 일하는 모습을 보면서 지휘했다.

전장에서는 이들이 내 군기(軍旗)를 들었듯이 말이다.

하지만 이제는 관리인 노릇밖에 못 하겠구나.

따사로운 햇살이 이리로 내려오지 않으면

산 위로 찾아 올라갈 수도 없게 되었어.

이렇게 점점 더 좁아지는 반경 속에 머무르면서

결국 모든 삶이 정지되는 그 가장 좁은 최후의 지점으로

천천히 다가가는 것이 내 신세구나.

나는 내 그림자에 불과하게 되었다. 조만간 이름만 남게 되겠지.

쿠오니 (루덴츠에게 잔을 권하며)

잔 받으시지요, 도련님.

(루덴츠가 잔을 받기를 망설이자)

얼른 드세요!

한마음으로 한잔을 마시는 겁니다.

아팅하우젠 그만 물러가거라. 저녁때가 되면

주의 여러 일에 대해서도 이야기하자.

(하인들, 물러간다.)

(아팅하우젠과 루덴츠.)

아팅하우젠 무장을 했구나.

알트도르프의 성*으로 가려는 것이냐?

루덴츠 네, 숙부님. 속히 가야 합니다.

아팅하우젠 (앉는다.)

그렇게 급하냐? 그래?

네 젊음의 시간이 너무 부족해서

늙은 숙부와 보낼 시간을 줄여야 하는 거로구나?

루덴츠　숙부님께는 제가 필요 없는 것 같은데요.

이 집에서 저는 단지 이방인일 뿐입니다.

아팅하우젠　(한동안 그를 뚫어지게 본다.)

그래, 슬프게도 사실이 그렇구나. 네게 고향이

낯선 곳으로 되어 버린 거다. 울리*야! 울리야!

너를 알아볼 수가 없구나. 비단옷을 자랑하고,

공작 깃을 달고 우쭐거리며,

자포(紫袍)를 어깨에 걸치고 있으니 말이다.*

농부들을 경멸스런 눈초리로 쳐다보고,

그들의 다정한 인사를 부끄럽게 생각하는구나.

루덴츠　농부들이 마땅히 지녀야 할 명예는 기꺼이 인정해 줍니다만,

그들이 멋대로 취하는 권리는 인정하지 않는 것뿐입니다.

아팅하우젠　온 나라가 포악한 왕 아래에서 신음하고 있다.

폭군의 폭력을 참아 내느라

건실한 사람들이 온통 근심뿐이야. 이렇게 사람들이

모두 고통 받고 있는데, 너만 상관하지 않는구나.

너는 네 고향 사람들과 떨어져 나라의 적과 한편이 되어

우리의 고통을 조롱하고, 경박한 쾌락을 좇고,

군주의 총애만 받으려고 애쓰는구나.

네 조국이 이렇게 엄청난 재앙을 만나 피 흘리고 있는데도 말

이다.

루덴츠　네, 이 나라는 가혹한 압박을 받고 있어요. 하지만 왜 그렇죠, 숙부님?

이 나라를 이런 곤경으로 몰아넣은 사람이 누구죠?

하기 쉬운 말 한마디면

이 억압이 단숨에 사라지고

황제도 이 땅을 자비롭게 대할 텐데요.

진정한 권력자에게 저항하도록

백성들의 눈을 희롱하는 자들은 벌을 받을 겁니다.

오로지 자신의 이익을 채우기 위해 그들은

발트슈테테가 주위의 모든 다른 주처럼

오스트리아에 맹세하는 것을 가로막고 있어요.

그들은 귀족들과 함께 귀족석*에 앉아 있기를 좋아합니다.

바로 그런 주인들을 없애기 위해서 황제를 섬겨야 하는 겁니다.

아팅하우젠　이런 소리를 네 입에서 들어야 하다니!

루덴츠　먼저 말씀을 시작하셨으니 제 말도 끝까지 들어 보십시오.

숙부님께서는 이곳에서 어떤 지위를 지니고 계십니까?

주지사나 방기 기사로서 저 목부들 곁에서

통치하는 것보다 더 큰 야망은

없으십니까? 그렇습니까?

왕을 섬기고 왕의 찬란한 진영에 가담하는 것이

자신의 하인들과 똑같은 자격으로

농부들과 함께 법정에 앉아 있는 것보다는

더 바람직한 선택이 아닐까요?

아팅하우젠　아, 울리야! 울리야! 너를 유혹한

말소리가 들리는구나! 그 말소리가

네 열린 귀를 파고들어 네 마음에 독을 뿌렸어.

루덴츠　네, 솔직히 말씀드리죠.

우리를 **농부 귀족***이라 부르며 놀리는

이방인들의 조롱이 골수에 사무칩니다.

견딜 수가 없어요. 주위의 귀족 청년들이

합스부르크의 깃발 아래 몰려들어 명예를 얻고 있는데,

여기 제 상속지에 한가로이 드러누워

변변찮은 일상에 청춘을 소비하는 것을.

다른 곳에서는 큰 사업이 진행되고, 이 산 너머에서는

명망의 세계가 찬란하게 펼쳐지고 있는데,

제 투구와 방패는 창고에서 녹슬고 있어요.

전쟁 나팔의 씩씩한 울림,

마상 시합*을 알리는 전령의 외침을

이 골짜기에서는 들을 수가 없습니다.

여기서는 그저 **목부들의 노랫소리와**

가축들의 방울소리만이 단조롭게 울릴 뿐이지요.

아팅하우젠　눈먼 놈, 헛된 화려함에 유혹되다니!

조국을 경멸하다니! 네 선조들의

유구한 전통을 수치스러워하다니!

지금은 네가 그렇게 지긋지긋하게 여기며 경멸하지만,

언젠가는 뜨거운 눈물을 흘리면서
선조들의 산과 가축들의 멜로디를
그리워하게 될 거다.
낯선 땅에서 그 멜로디를 듣게 되면
고통스런 향수에 휩싸이게 될 거야.
오, 조국을 향한 본능은 강력하다!
이방의 거짓된 세계는 네 것이 아니야.
그 위풍당당한 황제 궁에서 너는
네 충실한 가슴과 영원히 화해할 수 없을 거다!
세상은 네가 이 골짜기에서 획득한 능력과는
다른 능력을 요구하고 있어.
가거라, 가서 네 자유로운 영혼을 팔아넘겨라.
봉토를 받고 군주의 노예가 되거라.
네 스스로 주인일 수 있고, 네 소유의 상속지에서
자유로운 땅을 가꾸는 군주일 수 있는데도
노예가 되는 게 더 좋다면 그렇게 하거라.
아, 울리야! 울리야! 네 동포들을 떠나지 마라!
알트도르프로 가지 마라!
네 조국의 신성한 대의를 저버리지 마라!
나는 내 가문의 마지막 사람이다. 내가 죽으면
내 이름도 사라질 거야. 저기 걸려 있는 투구와 방패도
내 무덤에 함께 묻히게 될 거다.
내가 마지막 숨을 거둘 때,

너는 봉토를 나누어 주는 저 새 궁전으로 가서

내가 하느님으로부터 자유롭게 받은 귀중한 영지를

오스트리아로부터 거꾸로 수여받으려고 안달이 나서

내가 죽기만을 기다리고 있다고 생각해야 하겠느냐!

루덴츠 왕에게 저항해 봤자 소용없는 일입니다.

세상은 그의 것인데, 우리 혼자서

고집스럽게 버티고 뻗대면서

그가 우리 주위에 강력하게 둘러쳐 놓은

땅의 사슬을 끊어 놓겠다는 것입니까?

시장도 법정도 **그**의 것이고,

상가(商街)도 **그**의 것이며, 심지어 고트하르트*에서 짐차를 끄는

말조차도 그에게 세금을 바쳐야 합니다.

그의 땅은 마치 그물처럼

우리를 빙 둘러싸서 가둬 놓고 있습니다.

제국이 우리를 지켜 줄까요? 오스트리아의 힘이

날로 강력해지고 있는데 제국은 자신을 스스로 지켜 낼 수 있을까요?

하느님이 우리를 도와주시지 않는다면 황제도 그렇게 할 수 없습니다.

황제들은 재정난이나 전쟁의 고통에 빠지면

제국의 보호 아래 피신했던 도시를

저당 잡히고 매각할 권리가 있습니다.

그런 황제들의 말에 무슨 가치를 부여할 수 있습니까?

아닙니다, 숙부님! 이런 분열의 난시(亂時)에는

강력한 지도자의 편에 서는 것이

선행이자 현명하고 신중한 선택입니다.

여러 가문 사이에서 오가는 제위(帝位)는*

충신을 기억하지 못합니다.

상속권을 지닌 강력한 주인을 위해 공로를 세우는 것만이

미래를 위한 씨를 뿌리는 일입니다.

아팅하우젠　네가 그렇게 똑똑하냐?

자유라는 귀중한 보석을 지키기 위해

생명과 재산을 걸고 영웅적인 힘으로 싸웠던

고결하신 선조들보다 네가 더 잘 판단한다고 생각하느냐?

루체른으로 내려가서 물어 보거라.

오스트리아의 지배가 얼마나 주를 괴롭히고 있는지!

그들은 이리로도 올 거다.

우리의 양과 소 들의 숫자를 세고,

우리의 알프스 산을 측량하고,*

우리의 자유로운 숲에서 산새와 붉은 사슴을 사냥할 권리를 박

탈하고,

우리의 다리와 문을 방책으로 가로막고,

우리의 보잘것없는 재산을 팔아 땅을 사들이고,

우리의 피로 그들의 전쟁을 치르려고 말이다.

안 돼! 우리가 피를 흘려야 한다면

그건 **우리를** 위해서여야 한다.

노예가 되느니 자유를 위해 싸우는 것이

희생을 줄이는 길이야!

루덴츠　목부들일 뿐인 우리 백성들이

알브레히트의 군대에 맞서 무엇을 할 수 있단 말입니까!

아팅하우젠　아이야, 너는 이 목부들을 모르는구나.

나는 그들을 알고 있다. 전장에서 그들을 지휘해 본 적이 있지.

파벤츠에서 그들이 전투하는 걸 지켜봤다.*

합스부르크가 우리를 굴복시키려고 와 보라지.

우리에게는 굴복하지 **않을** 결연한 의지가 있다!

오, 네가 어떤 종족에 속하는지 느끼려고 해 보아라!

헛된 영화와 광휘를 위해

네가 지닌 가치의 참된 진주를 버리지 마라.

오직 사랑과 충심으로 네게 헌신하고,

전투와 죽음 속에서도 충직하게 네 곁을 떠나지 않는,

그런 **자유로운** 민중의 지도자라는 것,

바로 **그것이** 네 자존심이고, **귀족으로서의** 네 명예여야 한다.

태생의 끈을 단단히 붙잡고

조국의, 소중한 네 조국의 편에 서거라.

전심을 다해 그렇게 해라.

네 힘의 든든한 뿌리가 바로 여기 있는데,

그 이방인의 세계로 가면 너는 혼자가 된다.

폭풍이 불기만 하면 부러지는 허약한 갈대에 불과하게 돼.

오, 이리 오너라. 여기 와 본 지도 너무 오래됐으니

단 하루만이라도 우리와 함께 있어 보거라.

알트도르프로 가는 일을 하루만 미루어라. 듣느냐?

오늘 단 하루만이라도 네 동포들에게 바쳐 보거라!

(그의 손을 잡는다.)

루덴츠 　전 이미 승낙했습니다. 놓으세요. 전 묶인 몸입니다.

아팅하우젠 　(그의 손을 놓으며 진지하게)

묶인 몸이라고? 그렇구나, 불행한 녀석!

그래, 하지만 너는 말과 맹세가 아니라

사랑의 동아줄로 묶여 있는 게지!

(루덴츠는 그를 외면한다.)

아무리 숨기려고 해 봐야 소용없다. 너를 태수의 성으로

끌어당기고 너를 황제의 신하로 붙잡아 매는 것은

바로 그 여자, 베르타 폰 브루넥이지.

네 나라를 배반한 대가로

그 기사의 딸을 얻으려는 거야. 헛된 꿈, 꾸지 마라!

그들이 너를 유혹하려고 그 여자를 보낸 거다.

어수룩한 너와 맺어질 여자가 아니야.

루덴츠 　말씀 잘 들었습니다. 안녕히 계십시오. (퇴장한다.)

아팅하우젠 　미친 녀석, 기다려라! 가 버리는구나!

녀석을 붙잡을 수도, 구해 낼 수도 없구나.

이런 식으로 볼펜쉬센이 조국을 배반했고,*

앞으로도 이런 젊은이들이 생기겠지.

이국(異國)의 매력이 젊은이들을 사로잡아
광포한 동경으로 산을 넘게 하는구나.
오, 불행한 시대여, 고요한 행복을 누려 온
이 골짜기의 경건하고 무구한 풍속을 파괴하기 위해
낯선 것이 쳐들어오고 있구나!
새것은 강력하게 침투해 오고, 위엄 있는 옛것은
물러간다. 다른 시대가 오고,
사고방식이 다른 세대가 시대의 주역이 되고 있다!
내가 여기서 뭘 하지? 나와 함께
살며 통치하던 사람들은 모두 땅에 묻혀 있고,
내 시대도 벌써 매장되었다.
새것과 함께 살 필요가 없는 사람들이 부럽구나!
(퇴장한다.)

2장

높은 암벽과 숲으로 둘러싸인 초원. 암벽에는 가파른 길이 나 있
고, 사다리도 보인다. 잠시 뒤 사람들이 사다리를 타고 내려온다.
배경에는 호수가 보이고, 처음에는 호수 위로 달무지개가 떠 있
다. 높은 산이 전경을 가로막고, 이 산 위로는 더 높은 빙산이 솟
아 있다. 무대 위는 한밤중이며, 호수와 하얀 빙하만이 달빛을 받
아 빛난다.

멜히탈, 바움가르텐, 빙켈리트, 마이어 폰 자르넨, 부르크하르트 암 뷔엘, 아르놀트 폰 제바, 클라우스 폰 데어 플뤼에, 그리고 네 명의 다른 주민들. 모두 무장하고 있다.

멜히탈 (아직 무대 뒤에서)

 산길이 넓어지는군요. 힘차게 나를 따라오기만 하세요.

 암벽도 알아보겠고, 바위에 새겨진 십자 표시도 저기 있습니다.

 다 왔군요. 여기가 뤼틀리입니다.

(모두 등불을 들고 등장한다.)

빙켈리트 쉿!

제바 아무도 없네.

마이어 아직 아무도 안 왔군. 우리 운터발덴 사람들이 맨 먼저 도착했어.

멜히탈 지금 몇 시쯤 되었죠?

바움가르텐 젤리스베르크*의 야경꾼들이 조금 전에 둘을 외쳤소.

(멀리서 종소리가 들린다.)

마이어 조용! 들어 봐!

암 뷔엘 숲속 예배당의 새벽 미사 종소리가

 슈비츠 주에서 이리로 맑게 퍼져 오는군요.

폰 데어 플뤼에 공기가 맑아 소리가 멀리 퍼지는 겁니다.

멜히탈 몇 사람 가서 덤불에 불을 붙이세요.

 사람들이 올 때면 불이 활활 타도록 말입니다.

(두 사람이 간다.)

60

제바 아름다운 달밤이군요. 잔잔한 호수가

마치 매끄러운 거울 같습니다.

암 뷔엘 배 타고 오기가 수월하겠소.

빙켈리트 (호수 쪽을 가리키며)

아, 저것 봐요!

저기! 안 보입니까?

마이어 뭐 말이죠? 아, 정말!

한밤중에 무지개가 뜨다니!

멜히탈 달빛이 만들어 낸 무지개입니다.

폰 데어 플뤼에 이건 신비롭고 희귀한 징조입니다!

평생 한 번도 저걸 못 보고 죽는 사람도 많지요.

제바 무지개가 두 개입니다. 봐요, 위에 좀 희미한 것이 하나 더
있네요.

바움가르텐 방금 저 아래에 작은 배가 도착했소.

멜히탈 슈타우파허 씨가 배를 타고 오신 겁니다.

그 성실하신 분이 우리를 오래 기다리게 하실 리가 없지요.

(바움가르텐과 함께 호숫가로 간다.)

마이어 우리 주 사람들이 제일 늦는군.

암 뷔엘 그들은 태수의 첩자들을 따돌리기 위해

먼 길을 돌아 산을 거쳐 와야 합니다.

(그 사이에 두 사람이 빈 터 한가운데에 모닥불을 붙여 놓았다.)

멜히탈 (호숫가에서)

누구요? 암호를 말하시오!

슈타우파허 (아래에서)

  나라의 벗들이오.

(도착한 사람들을 맞으러 모두 아래쪽으로 내려간다. 슈타우파허, 이텔 레딩, 한스 아우프 데어 마우어, 외르크 임 호페, 콘라트 훈, 울리히 데어 슈미트, 요스트 폰 바일러, 그리고 다른 세 명의 사람들이 배에서 내린다. 이들도 모두 무장하고 있다.)

모두 (외친다.)

  환영합니다!

(다른 사람들이 아래쪽에 머물면서 인사를 나누는 동안, 멜히탈이 슈타우파허와 함께 앞으로 걸어 나온다.)

멜히탈 오, 슈타우파허 어르신! 그분을 뵈었습니다.

  다시는 저를 볼 수 없는 그분을!

  그분의 눈 위에 손을 얹고

  그분 눈 속의 꺼져 버린 햇빛에서

  타오르는 복수심을 빨아들였습니다.

슈타우파허 복수에 대해서는 말하지 말게! 이미 일어난 일이 아니라

  다가오는 위협에 맞서는 게 우리가 할 일이야.

  자, 그럼 말해 보게. 운터발덴에서 무슨 일을 했고,

  공동의 과제를 위해 무엇을 얻어 냈는지,

  사람들의 생각은 어떠하고,

  자네는 배신자들이 쳐 놓은 함정을 어떻게 피했는지 말이야.

멜히탈 주렌넨령(嶺)의 무시무시한 산을 지나

목쉰 수염수리만 까악까악 울어 대는
황량하고 드넓은 얼음 들판을 거쳐
저는 알프스 고지대의 들길에 도달했습니다.
우리 주와 엥겔베르크*에서 온 목자들이
서로 부르며 인사하고 함께 풀을 먹이는 곳이지요.
고랑에서 거품을 일으키며 흘러내려 가는
빙하 녹은 물로 목을 축였습니다.
목자들이 기거하는 외딴 오두막이 나타나면
혼자 잠시 머물기도 하다가 마침내 사람들이 모여 사는
마을에 도착했습니다.
최근에 발생한 그 끔찍한 사건*에 대한 소문은
그 골짜기까지 이미 전해져 있었고,
제가 당한 불행을 아는 그들은 문을 두드릴 때마다
공손한 경의로 저를 맞아 주었습니다.
그 올곧은 사람들도
새로 온 태수의 폭정에 분노하고 있었습니다.
예나 지금이나 알프스가 똑같은 풀을 길러 내고,
샘물은 한결같이 흘러내리고,
심지어 구름과 바람도
변함없이 똑같은 길을 따라 지나가듯,
그곳의 오랜 풍속도 조상들로부터
후손에 이르기까지 변함없이 유지되었던 것입니다.
예로부터 익숙한 삶의 방식을 고수해 온 그들은

무모한 혁신을 원하지 않습니다.

그들은 제게 굳은살이 박인 손을 내밀고

벽에서 녹슨 칼을 꺼내 건네주었습니다.

그리고 제가 산사람들이 성스럽게 여기는

어르신과 발터 퓌르스트의 이름을 대자

그들은 용기백배하여

눈빛이 기쁨으로 타올랐습니다.

어르신들이 옳다고 생각하는 것이라면

무엇이든 하겠다고 맹세하기도 했지요.

죽는 순간까지 어르신들을 따르겠다고 맹세하더군요.

이렇게 저는 손님으로서 헌신적인 보호를 받으며

이 농장에서 저 농장으로 바삐 돌아다녔습니다.

그리고 마침내 사촌들이 많이 살고 있는

제 고향 산골에 도착하여

아버님을 뵈었습니다. 약탈당하고 눈이 먼 아버님은

마음 따뜻한 사람들의 자선에 의지하며

다른 사람의 짚단 위에서 살고 계시더군요.

슈타우파허　저런!

멜히탈　저는 울지 않았습니다! 불타오르는 고통의 힘을

무기력한 눈물로 소진하는 대신,

저는 그 고통을 귀중한 보물처럼

가슴속 깊이 담아 두고 행동만을 생각했지요.

산속의 인가를 샅샅이 뒤졌습니다.

아무리 깊숙한 골짜기라도 파고들어 갔습니다.

얼음으로 뒤덮인 빙하의 끝자락까지 집을 찾아 나섰고,

사람 사는 오두막을 발견해 냈습니다.

제가 갔던 곳 어디서나

폭정에 대한 증오는 똑같았습니다.

태수들의 탐욕은 굳은 땅이 끝나는,

생명이 살 수 있는 마지막 경계선까지 찾아가

노략질을 해 대고 있으니까요.

저는 가시 돋친 언변으로

성실한 민중의 가슴을 온통 격앙시켰고,

그들은 마음과 입을 바쳐 우리 편이 되었습니다.

슈타우파허   짧은 시간 안에 참으로 큰일을 해냈군.

멜히탈   그것만이 아닙니다. 사람들이 두려워하는 것은

로스베르크와 자르넨의 두 성입니다.

석벽 뒤에서 적들은 안전한 보호를 받으며

이 땅에 피해를 입히고 있으니까요.

저는 이 성들을 직접 제 눈으로 보고 싶었습니다.

그래서 자르넨으로 가서 성을 정탐했지요.

슈타우파허   위험을 무릅쓰고 호랑이 굴로 들어갔구먼?

멜히탈   순례자 차림으로 위장하고 갔습니다.

태수가 호화로운 식사를 즐기는 것을 보았지요.

이제 제가 자제심이 있는지 없는지 판단해 보십시오.

그런 적을 보고도 때려죽이지 않았으니 말입니다.

슈타우파허 행운도 자네의 대담함을 좋아한 것이로군.

(그 사이에 다른 사람들도 앞으로 나와 두 사람에게 다가간다.)

　자, 이제 자네를 뒤따라온 친구들,

　이 정의로운 남자들이 누구인지 말해 주게.

　우리가 서로 믿고 다가가 마음을 열 수 있도록

　이 사람들을 내게 소개해 주게.

마이어 세 주에서 어르신을 모르는 사람이 있겠습니까?

　저는 자르넨에서 온 마이어입니다. 그리고 이 사람은

　제 누이의 아들인 슈트루트 폰 빙켈리트입니다.

슈타우파허 그 이름이 낯설지 않군요.

　바일러* 근처의 늪에서 용을 때려죽이고

　이 숲 속에서 목숨을 잃은 분의 존함이

　빙켈리트였지요.

빙켈리트 그분이 제 조상이셨습니다.

멜히탈 (다른 두 사람을 가리킨다.)

　이들은 숲 뒤에 있는

　엥겔베르크 수도원의 농노들입니다.

　이들의 신분이 우리와 다르고, 우리처럼

　자유로운 처지가 아니라고 해서 무시하시지는 않겠지요.

　이 땅을 사랑하고, 평판도 좋은 사람들입니다.

슈타우파허 (두 사람에게)

　악수합시다. 지상에서 구속된 신분이 아닌 사람은

　이를 자랑스럽게 여기지만,

성실함은 어떤 신분에서도 피어나는 미덕이지요.

콘라트 훈 이분은 전에 주지사*를 지내신 레딩 씨입니다.

마이어 이분과 저는 잘 알지요. 오래된 유산 문제로

저와 법정에서 다투고 있는 적수랍니다.

레딩 씨, 법정에서는 우리가 적이지만

여기서는 한편입니다.

(그와 악수한다.)

슈타우파허 멋진 말씀이오.

빙켈리트 들리세요? 그들이 옵니다. 우리 주의 뿔나팔 소리예요!

(좌우에서 무장한 남자들이 각등(角燈)을 들고 암벽을 내려온다.)

아우프 데어 마우어 보시오! 하느님의 경건한 시종이신

위엄 있는 목사님까지 같이 내려오고 계시지 않습니까?

험난한 길과 무시무시한 밤도 두려워하지 않고

민중을 돌보시는 충실한 목자이십니다.

바움가르텐 교회지기와 발터 퓌르스트씨가 그 뒤를 따르고 있군요.

그런데 사람들 속에 텔이 보이지 않습니다.

(발터 퓌르스트, 목사 뢰셀만, 교회지기 페터만, 목부 쿠오니, 사냥꾼 베르니, 어부 루오디, 그리고 또 다른 다섯 사람들 등장. 모두 서른세 명이 함께 앞으로 걸어 나와 불 주위에 둘러선다.)

발터 퓌르스트 여기는 우리가 물려받은 유산이며 선조들의 땅인데

이렇게 마치 살인자들처럼

살금살금 숨어서 모여야 하다니.

우리의 당연한 권리를 되찾자는 것뿐인데

범죄자나 햇빛을 두려워하는 모반자들에게나

검은 외투를 덮어씌워 주는 이 야밤을 이용해야 하다니.

우리의 권리는 찬란하게 펼쳐진 대낮의 대지처럼

떳떳하고 명백한데도 말이오.

멜히탈 상관없습니다. 어두운 밤에 짜 놓은 것을

대명천지에 자유롭고 즐겁게 펼치지만 하면 되는 겁니다.

뢰셀만 동지들, 하느님께서 내 가슴에 전해 주신 말씀을 들어 보시오!

우리는 지금 여기 민회를 대신해서 모였습니다.

전체 민중을 대표하고 있는 것입니다.

그러니 평온한 시절에도 그랬던 것처럼

주의 오랜 관습에 따라 회의를 진행합시다.*

이 회의가 법률에 어긋나는 면이 있다고 해도

상황이 위급하니 용인될 것입니다.

그러나 법을 집행하는 곳이면 어디나 하느님이 함께 계시며,

우리는 하느님의 하늘 아래 서 있습니다.*

슈타우파허 예, 오랜 관례에 따라 회의를 엽시다.

지금은 비록 밤이지만 우리의 법은 빛나고 있습니다.

멜히탈 인원이 다 채워지지는 않았지만, 전 민중의 **마음**만은

여기 함께 있습니다. **가장 훌륭하신 분들**이 참석하셨어요.

콘라트 훈 유서 깊은 책*들은 비록 여기 없지만,

우리의 심장에 새겨져 있습니다.

뢰셀만 좋습니다. 그럼 즉시 원형으로 둘러서서

　권위의 칼들을 땅에 꽂읍시다.

아우프 데어 마우어 주지사께서는 자기 자리에 앉으시고,

　정리(廷吏)들은 그 곁에 서십시오!

교회지기 여긴 세 주의 사람들이 모여 있소.

　민회의 대표는 어느 주 사람이 맡아야 합니까?

마이어 그 명예를 놓고 슈비츠와 우리 주가 다투어도 좋습니다.

　우리 운터발덴 사람들은 자발적으로 물러서겠습니다.

멜히탈 우리는 강력한 친구들에게

　도움을 청하는 처지이니 그렇게 하겠습니다.

슈타우파허 그렇다면 우리 주에서 칼을 받으십시오.

　로마 원정 때도 우리 주의 깃발이 앞장을 섰으니.

발터 퓌르스트 칼을 받는 명예는 슈비츠 주에 돌아가야 합니다.

　우리는 모두 슈비츠의 자랑스러운 후예들이니까요.

뢰셀만 이 고결한 경쟁을 제가 우애롭게 조정하도록 해 주십시오.

　슈비츠 주는 민회를, 우리 주는 전투를 이끄십시오.

발터 퓌르스트 (슈타우파허에게 칼을 건네준다.)

　자, 받으시오!

슈타우파허 내가 아니라 연세 높으신 분께 이 명예가 돌아가야 합니다.

임 호페 최고령자는 울리히 데어 슈미트입니다.

아우프 데어 마우어 그분은 용감하지만 자유인 신분이 아닙니다.

　슈비츠 주에서는 예속된 신분의 사람은 재판관이 될 수 없습니다.

슈타우파허 주지사직을 역임하신 레딩 씨가 여기 계시지 않습니까?

그보다 더 적합한 분이 있겠습니까?

발터 퓌르스트 그분을 재판관이자 오늘 민회의 의장으로 모십시다!

찬성하는 사람은 손을 드십시오.

(모두 오른손을 든다.)

레딩 (가운데로 들어서면서)

손을 올려놓을 책이 없으니

저 하늘 위의 영원한 별들에 맹세하겠소.

나는 결코 법을 저버리지 않을 것입니다.

(사람들이 칼 두 자루를 그의 앞에 세운다. 그를 중심으로 반원형의 대열을 형성하는데, 슈비츠 사람들이 중간에, 우리 사람들은 오른쪽에, 운터발덴 사람들은 왼쪽에 자리 잡는다. 레딩은 자신의 전투용 칼을 짚고 서 있다.)

산 위의 세 지방 주민들이

깊은 밤에 이 황량한 호숫가로

모여들게 된 이유는 무엇입니까?

별이 빛나는 하늘 아래에서

우리가 새로 맺을 동맹의 내용은 무엇이지요?

슈타우파허 (반원형 대열 안쪽으로 들어선다.)

새 동맹을 맺는 것이 아닙니다.

우리는 다만 선조들이 맺은 오래된 동맹을

갱신할 뿐입니다! 이것을 알아야 합니다, 동지들!

호수와 산이 우리를 갈라놓고

각 주가 제각기 자치를 하고 있다 해도

우리는 같은 혈통을 이어받은 한민족입니다.

모두 같은 고향 출신들인 것입니다.

빙켈리트   그러면 노래 가사에도 나오듯이 우리가 멀리서

이곳으로 흘러들어 온 것이 사실이군요?

오, 새로운 동맹이 옛이야기로 더욱 튼튼해질 수 있도록

그 일에 대해 아시는 것을 말씀해 주십시오.

슈타우파허   늙은 목부들 사이에서 전해져 오는 이야기를 한번 들어 보십시오.

옛날 북쪽의 한 지방에 살던 큰 민족이

심한 기근에 시달리게 되었습니다.

살기가 너무 어려워 그들은 민회를 개최했고,

추첨에 따라 열 명 중 한 명이 조국을 떠나기로

결의했습니다. 그리고 실제로 그렇게 했지요!

거대한 행렬을 이룬 남녀들이

신세를 한탄하며 남쪽으로 이동했습니다.

그들은 칼로 길을 뚫으며 독일 땅을 거쳐 갔고,

마침내 이 숲이 우거진 산맥의 고지에 도달했지요.

어떤 황량한 계곡에 이를 때까지

행렬은 걸음을 멈추지 않았습니다.

지금 초원 사이로 무오타 강*이 흘러가는 그곳입니다.

인적이라곤 찾을 수 없고,

그저 오두막 한 채만 강가에 외로이 서 있었지요.

거기서 한 남자가 나룻배를 돌보고 있었습니다.

하지만 호수의 물살이 너무 거세어

배를 띄울 수가 없었지요. 그들은 이 땅을

찬찬히 살펴보았습니다. 나무는 무성하게

자라 있었고, 좋은 샘도 있었습니다.

그들은 여기서 사랑스런 조국을

발견했다고 생각하여 이곳에 머무르기로 하고,

옛 촌락 슈비츠를 건설했습니다.

넓게 뒤엉킨 뿌리로 가득 찬 숲을 개간하느라

고생스런 나날을 보내기도 했지요.

인구가 늘어나 땅이 부족하게 되자

흑산(黑山)*으로 넘어갔고, 바이슬란트*에 도달했습니다.

거기서는 다른 언어를 쓰는* 다른 민족이

영원한 빙하 뒤에 숨어 살고 있었지요.

그들은 케른발트 근처에는 슈탄츠 마을을,

로이스 계곡에는 알트도르프 마을을 세웠습니다.

그러나 그들은 자신들의 내력을 늘 잊지 않았고,

그 후로 수많은 낯선 종족이

그들의 땅 한가운데로 흘러들어 왔지만,

슈비츠의 남자들은 서로 알아보았습니다.

같은 혈통을 식별해 내는 심장이 살아 있었던 거지요.

(좌우를 향해 손을 내민다.)

아우프 데어 마우어 예, 우리는 같은 심장과 같은 혈통을 지니고 있습니다!

모두 (서로 손을 맞잡으며)

　우리는 한민족이며, 함께 행동할 것입니다.

슈타우파허 다른 민족은 외지인의 압제를 받고 있습니다.

　그들은 승자에게 굴복하고 말았어요.

　심지어 우리 땅에도 이제

　외지인의 명령을 따르는 하수인들이 많습니다.

　그들의 후손도 노예로 남을 것입니다.

　그러나 우리는, 오랜 스위스의 진정한 종족인

　우리는 언제나 자유를 지켜 왔습니다.

　우리는 영주의 발치에 무릎을 꿇은 것이 아니라

　황제의 보호를 스스로 선택했을 뿐입니다.

뢰셀만 제국의 보호와 방호(防護)를 자유롭게 선택했다,

　프리드리히 황제의 서한*에도 여전히 그렇게 적혀 있습니다.

슈타우파허 아무리 자유로운 사람이라도 통치자가 없는 것은 아니니까요.

　수장은 있어야 하는 겁니다. 싸움이 벌어지면

　시비를 가려 줄 최고 재판관이 필요한 거지요.

　그래서 우리 조상들은 유구한 황무지에서 일궈 낸

　이 땅을 위한 명예를 독일 땅과 이탈리아 땅의 주인이라 자임하는

　황제에게 맡긴 것입니다.

그리고 제국의 모든 자유민들처럼 우리도

황제를 위한 고귀한 병역 의무를 맡겠다고 한 거지요.

자유민의 유일한 의무란

자신을 보호해 주는 제국을 보호하는 일이니까요.

멜히탈　그 이상을 요구하는 것은 노예로 취급하는 것입니다.

슈타우파허　선조들은 소집령이 떨어지면 제국의 깃발을 좇아

자신에게 맡겨진 전투를 수행했습니다.

로마 황제의 관을 그의 머리에 씌워 주기 위해

무장을 갖추어 이탈리아로 진격했지요.

고향에서는 유구한 관습과 독자적인 법에 따라

쾌활하게 자치를 시행했습니다.

생사여탈을 결정하는 재판권은 황제의 전권이었고,

이를 위해 강력한 백작이 임명되었지만

그는 이 땅에 상주하지는 않았습니다.

살인 사건이 발생하면 그를 불러들였고,

그러면 그는 만인이 보는 앞에서 간단명료하게

누구도 두려워하지 않고 법에 따라 심판했지요.

그런데 어디에 우리가 노예라는 증적(證迹)이 있단 말입니까?

그런 것이 있다고 생각하는 사람은 말해 보십시오!

임 호페　없습니다, 모든 것이 어르신이 말씀하신 그대롭니다.

우리는 폭정을 용인해 본 적이 없습니다.

슈타우파허　황제가 성직자들을 위해 법을 왜곡했을 때,

우리는 복종을 거부했습니다.*

조상 대대로 우리 민족이 사용해 왔던 고지의 목초지를

아인지델른 수도원의 승려들이

빼앗으려 했을 때,

수도원장은 낡은 칙서를 끄집어냈지요.

그 칙서는 우리의 존재를 은폐하면서

임자 없는 땅을 그에게 하사한다고 선언했습니다.

그때 우리는 말했지요. "이 칙서는 사기다.

어떤 황제도 우리 것을 남에게 선사할 수는 없다.

제국이 우리의 권리를 부인한다면

산 속에 사는 우리도 제국을 거부할 수 있다."

― 이것이 우리 조상들의 선언이었습니다!

그런데 이제 우리가 새로운 압제의 치욕을 감수하고

황제의 권력도 우리에게 강요하지 못한 것을

낯선 종놈* 때문에 당해야 하겠습니까?

― 우리는 두 손의 땀으로

이 땅을 창조해 냈고,

곰이 살던 야생의 숲을

인간의 터전으로 바꾸었습니다.

독을 잔뜩 머금고 늪에서 올라오던

용의 새끼들도 죽였고,

이 미개지를 온통 회색으로 뒤덮던

안개의 장막도 걷어 냈습니다.*

단단한 암벽을 부수었고, 낭떠러지 위에

여행자를 위한 안전한 다리도 놓았습니다.

천 년 동안 이 땅을 소유해 온

우리가 이 땅의 주인입니다 ─. 그런데 낯선 종놈이

이리로 와서 우리를 쇠사슬로 묶고,

우리 조국에서 우리를 능멸해도 좋다는 말입니까?

이런 폭정에 맞설 방도가 전혀 없다는 말입니까?

(사람들 사이에서 커다란 동요가 일어난다.)

그렇지 않습니다. 폭군의 권력에도 한계가 있는 법입니다.

억압받는 자가 어디서도 권리를 찾을 수 없다면,

짊어진 짐이 참을 수 없을 만큼 무겁다면 ─

그럴 때 그는 대담하게 하늘을 향해 손을 뻗어

자신의 영원한 권리를 붙잡아 내립니다.

하늘 위의 별들처럼 양도할 수도,

파괴할 수도 없는 그 권리를 말입니다 ─.

오직 인간이 인간을 마주보던[*]

자연의 원상태가 복구됩니다 ─.

어떤 다른 방도도 소용이 없을 때

인간은 마지막 수단으로 칼을 잡을 수밖에 없습니다 ─.

우리에게는 폭력에 맞서 최고의 재산을

지킬 권리가 있습니다 ─. 우리의 땅과,

우리의 아내와, 우리의 자식을 지켜야 합니다!

모두　(각자 칼을 치면서)

우리의 아내와, 우리의 자식을 지켜야 합니다!

뢰셀만 (원 안으로 들어오면서)

칼을 잡기 전에 잘 생각하십시오.

황제와 평화적으로 협상할 수도 있습니다.

한마디만 해 주면 지금 당신들을 무겁게 짓누르는

폭군들이 여러분의 비위를 맞추려고 할 것입니다.

— 그들이 당신들에게 여러 번 제의한 대로 하십시오.

제국에서 탈퇴하고 오스트리아의 주권을 인정하십시오—.

아우프 데어 마우어 목사가 뭐라고 하는 거지? 오스트리아에게 맹세하라니!

암 뷔엘 그의 말을 듣지 마시오!

빙켈리트 저런 말을 하는 자는 배신자요,

조국의 적입니다!

레딩 조용히 합시다, 동지들!

제바 그런 치욕을 당하고도 오스트리아에게 맹세를 바치라니!

폰 데어 플뤼에 공손하게 청할 때는 거부한 것을

폭력에 짓밟혀 인정할 수는 없소!

마이어 그렇게 한다면 우리는 노예가 될 거고,

노예가 되어 마땅합니다!

아우프 데어 마우어 오스트리아에 항복해야 한다고 말하는 자에게는

스위스 사람으로서의 권리를 박탈합시다!

— 지사님, 이것을 우리가 여기서 의결하는

주법(州法) 제1항으로 정합시다.

멜히탈   그렇게 합시다. 오스트리아에 항복하자고 하는 자는

　　모든 권리를 잃을 것이고, 일체의 명예도 박탈당할 것입니다.

　　누구도 그런 자를 따뜻이 맞아들여서는 안 됩니다.

모두   (오른손을 든다.)

　　그것을 법으로 정합시다!

레딩   (짧은 침묵 후에)

　　가결되었소.

뢰셀만   이제 여러분은 자유를 얻었소, 이 법을 통해서 말이오.

　　이제 오스트리아는 우호적인 설득으로 얻지 못한 것을

　　폭력으로 빼앗으려고 해서는 안 됩니다.

요스트 폰 바일러   의사일정대로 계속합시다.

레딩   동지들!

　　원만한 방도는 모두 시험해 보았습니까?

　　왕이 아무것도 모르고 있을 수도 있습니다.

　　우리가 겪고 있는 것이 왕의 뜻이 아닐 수도 있는 겁니다.

　　이 최후의 가능성도 시험해 보아야 합니다.

　　칼로 맞서기 전에 우선

　　우리의 탄원을 왕에게 들려줍시다.

　　정의를 위해 쓰일 때도 폭력은 끔찍한 겁니다.

　　신은 인간의 힘으로는 어쩔 수 없을 때만 도와주십니다.

슈타우파허   (콘라트 훈에게)

　　이제 당신이 보고할 차례요. 시작하시오!

콘라트 훈   저는 라인펠트*에 있는 황제의 성*으로 갔습니다.*

태수들의 가혹한 압제를 고발하고,

새로 즉위한 왕들이 언제나 확인해 준

우리의 옛 자유를 증명하는 칙서를 받기 위해서였지요.

슈바벤 지방과 라인 강변 지역을 비롯하여

수많은 지방의 도시에서 사신들이 와 있더군요.

그들 모두 문서를 얻어

기뻐하면서 돌아갔습니다.

그런데 **여러분**의 사신인 저는 고문관들에게 보내졌고,

그들은 빈말만 하면서 저를 내보냈습니다.

"황제께서 이번엔 시간이 없습니다.

나중에 시간이 나시면 여러분 생각을 하실 겁니다."

― 저는 실의에 빠져 왕성의 홀을 지나치다가

한젠 공작*이 퇴창(退窓) 앞에서 흐느끼고 있는 것을

보았습니다. 귀족이신 폰 바르트 씨와 폰 태거펠트 씨가

그의 곁에 서 있더군요.

그들은 저를 불러 이렇게 말했습니다.

"믿을 건 자신밖에 없어요.

왕이 정의를 실천하리라고 기대하지 마시오.

왕은 자기 조카의 것을 빼앗고,

그 조카가 받아야 할 유산마저 주지 않고 있지 않아요?

공작은 모친이 남긴 유산을 달라고 간청했지요.

이제 어른이 되었으니

나라와 주민을 통치할 때가 되었다고 말이오.

황제가 어떻게 했는지 알아요? 젊은이에게는 이런 게 어울린다
면서

그의 목에 작은 화환을 걸어 주더랍니다."

아우프 데어 마우어   여러분, 들으셨지요? 법과 정의를

황제에게 기대하지 마십시오! 믿을 건 우리 자신밖에 없습니
다!

레딩   다른 길이 없어요. 이제 이 일을 어떻게

바람직한 결말로 현명하게 이끌어 갈지 토의합시다.

발터 퓌르스트   (원 안으로 들어선다.)

가증스런 억압을 물리칩시다.

조상들로부터 물려받은

유구한 권리를 지켜 냅시다.

무분별하게 혁신을 하려는 것이 아닙니다.

황제의 것은 황제에게 남겨 둡시다.

주인을 섬기는 자는 의무를 준수해야 하니까요.

마이어   저는 오스트리아로부터 받은 봉토를 경작하고 있습니다.

발터 퓌르스트   그러면 오스트리아에 대한 의무를 계속 이행하십
시오.

요스트 폰 바일러   저는 라퍼스바일 시*의 나리들에게 세금을 내고
있습니다.

발터 퓌르스트   앞으로도 계속 이자와 세금을 납부하십시오.

뢰셀만   저는 취리히의 수녀원장님께 선서를 했습니다.*

발터 퓌르스트   수녀원의 것은 수녀원에게 주십시오.

슈타우파허   저는 오로지 제국의 봉토만 갖고 있습니다.

발터 퓌르스트   불가피한 일은 어쩔 수 없지만 그 이상은 안 됩니다.

태수들과 그 하수인들을 쫓아내고,

견고한 성을 공격해야 할 것입니다.

하지만 가능하면 피를 흘리지 않도록 합시다.

우리가 부득이하게 신성한 존경의 의무를

저버릴 수밖에 없었다는 것을 황제도 알아야 합니다.

우리가 절도를 잃지 않고 있음을 황제가 알게 된다면

그도 통치자의 지혜를 되찾아 자신의 분노를 억누를 것입니다.

칼을 쥐고도 **절제**할 줄 아는 민족은

두려워해야 마땅한 존재니까요.

레딩   그럼 말해 봅시다! 어떻게 일을 진행하지요?

적은 무기를 지니고 있고,

절대로 평화롭게 물러가지는 않을 것입니다.

슈타우파허   우리가 무기를 들고 나타나면 물러갈 거요.

적이 무장하기 전에 기습하면 되오.

마이어   말은 쉽지만 실행하기는 어렵습니다.

우리가 사는 곳엔 적들을 보호해 주는

두 개의 견고한 성이 우뚝 솟아 있으니,

왕이 우리를 침략해 올 경우에는 무서운 역할을 할 겁니다.

세 주에서 봉기를 일으키기 전에

로스베르크와 자르넨 성을 먼저 정복해야 할 것입니다.

슈타우파허   그렇게 일을 미루면 적이 알아차리게 될 것이오.

비밀을 알고 있는 사람이 너무 많습니다.

마이어　발트슈테테에는 배신자가 없습니다.

뢰셀만　좋은 뜻이라 해도 너무 조급하면 발각될 수 있습니다.

발터 퓌르스트　일을 미루면 그 사이에 알트도르프의 요새가 완성될 것이고,

태수는 더 강력해질 겁니다.

마이어　당신들 생각만 하시는군요.

교회지기　부당한 건 당신들입니다.

마이어　(화를 내면서)

우리가 부당하다니! 우리 주가 이렇게 나와도 되는 겁니까?

레딩　맹세를 지키시오! 진정해요!

마이어　예, 슈비츠 주가 우리 주와 한편이 되면

우리야 입을 다물고 있어야지요.

레딩　민회 앞에서 여러분에게 경고하는 바,

흥분해서 평화를 교란하지 마십시오!

우리가 한뜻으로 뭉쳐야 하지 않겠습니까?

빙켈리트　성탄절 축제까지 거사를 미루면

관습에 따라 모든 주민들이 성으로 가서

태수에게 선물을 주게 됩니다.

그때면 열 명에서 열두 명 정도가

의심받지 않고 성안에 모일 수 있습니다.

무기를 소지한 채 성안으로 들어갈 수는 없으므로

재빨리 막대기에 꽂을 수 있는

뾰족한 쇳조각만 들고 들어가면 됩니다.

대다수는 우선 숲 속에 숨어 있다가

다른 사람들이 성공적으로

성문을 장악하여 나팔을 불면

잠복한 곳에서 뛰쳐나오는 겁니다.

그렇게 하면 성을 쉽게 정복할 수 있을 것입니다.

멜히탈　로스베르크 성으로는 제가 올라가지요.

성안에 사는 아가씨 한 명이 저를 좋아해서

제가 밤에 찾아가겠다고 하면

주저 않고 줄사다리를 내려 줄 겁니다.

일단 성벽 위에 올라서면 동료들을 끌어올리지요.

레딩　그럼 거사를 연기하는 데 모두 찬성입니까?

(손을 드는 사람이 더 많다.)

슈타우파허　(수를 센다.)

찬성 20명, 반대 12명이니 가결되었습니다!

발터 퓌르스트　정한 날에 성이 정복되면

연기를 피워 성에서 성으로 신호를 보내고,

신속하게 각 주의 집결지로 민병들을 소집시킵시다.

우리의 결연한 전투태세를 보게 되면

태수들은 틀림없이 싸움을 피할 겁니다.

그리고 우리가 안전한 퇴각을 보장해 주면

기꺼이 이 땅을 떠날 겁니다.

슈타우파허　하지만 게슬러만은 쉽지 않을 겁니다.

무서운 기병들을 거느리고 있는 그는

피를 흘리지 않고는 물러가지 않을 거요.

그를 쫓아낸다 해도 여전히 그는 큰 위협으로 남을 겁니다.

그를 살려 두기는 어렵고, 심지어 위험하기까지 할 거요.

바움가르텐 죽음을 무릅써야 하는 일이라면 제게 맡기십시오.

텔 덕택에 건지게 된 이 목숨을

나라를 위해서라면 기꺼이 걸겠습니다.

이미 제 명예도 구했고, 마음도 만족을 얻었으니까요.

레딩 날이 갈수록 더 좋은 방안이 떠오를 거요. 인내심을 갖고 기다립시다.

확신을 갖고 때가 오기를 기다려야 합니다.

― 자, 보시오. 우리가 이렇게 야간 집회를 하는 동안

제일 높은 산의 정상에는 벌써 아침이 찾아와

불타는 봉화를 세워 놓고 있군요―. 자, 이제 헤어집시다.

낮의 햇살이 우리를 기습하기 전에.

발터 퓌르스트 걱정 마십시오, 계곡에서는 밤이 천천히 물러갑니다.

(모두 부지중에 모자를 벗어들고 고요히 여명을 바라본다.)

뢰셀만 우리 아래 저 멀리 도시의 매연 속에서

헉헉대며 살아가는 모든 다른 민족에 앞서

맨 먼저 우리에게 인사하는 이 빛 속에서

새로운 동맹의 서약을 선서합시다.

― 우리의 뜻은 형제들로 맺어진 하나의 민중이 되는 것이다.

어떤 곤경과 위험이 와도 분열되지 않는다.

(모두 세 손가락을 치켜들고 복창한다.)

　― 우리는 선조들처럼 자유를 원한다,

　노예로 사느니 죽기를 원한다.

(모두 복창한다.)

　― 우리는 지고하신 하느님을 믿으며,

　인간의 권력을 두려워하지 않는다.

(모두 복창한다. 사람들, 서로 포옹한다.)

슈타우파허　이제 각자 자신의 부락과 친구들을 향해

　조용히 길을 걸어가시오.

　목부들은 묵묵히 가축들을 월동시키고,

　은밀하게 동맹의 동지들을 모으시오.

　― 때가 올 때까지 **견뎌 내야 하는 것은**

　참아 내시오! 폭군의 죄과가 계속 쌓이도록

　놓아두시오. 집단과 개인의 죄를

　한꺼번에 심판할 그날이 올 때까지.

　정당한 분노도 억제하고,

　전체를 위해 개인의 복수를 미루어 두시오.

　개인적인 원한 때문에 나서는 자는

　전체의 대업을 훼손하게 됩니다.

(그들은 아주 조용히 세 방향으로 퇴장하고, 오케스트라는 힘차
고 화려한 음악을 시작한다. 무대는 잠시 텅 비어 있다가 빙산 위
로 떠오르는 태양의 장관을 보여 준다.)

3막

1장

텔의 집 앞마당. 텔은 목수용 도끼를 들고 있고, 헤트비히는 가사 일을 하고 있다. 발터와 빌헬름은 뒤쪽에서 작은 석궁을 가지고 놀고 있다.

발터 (노래한다.)
　　화살과 활을 들고
　　산과 계곡을 거쳐
　　이른 아침 햇살 아래
　　사수가 나타나네.

　　창공에서는
　　개구리매가 왕이듯,

산과 계곡에서는

사수가 자유롭게 지배하지.

화살이 닿는 데까지

드넓은 땅이 그의 것,

거기서 날고 기는 거라면

뭐든 그의 사냥감이야.

(뛰어 온다.)

줄이 끊어졌어요. 고쳐 주세요, 아버지.

텔　안 된다. 진정한 사수라면 제 손으로 해야지.

(소년들 물러간다.)

헤트비히　애들이 벌써 활을 쏘기 시작하네요.

텔　대가가 되려면 일찍 연습을 시작해야지.

헤트비히　아니, 아예 안 배우면 좋겠어요.

텔　다 배워야 하오.

굳세게 삶을 살아가려면

공격도 수비도 잘해야 하니까.

헤트비히　아, 집에서도 안식은

찾아 볼 수 없네요.

텔　여보, 나로서도 어쩔 수가 없어요.

나는 천성이 목부와는 맞지 않소.

달아나는 목표물을 쉴 새 없이 쫓고

날마다 새로 사냥감을 포획해야

비로소 기분 좋게 삶을 즐길 수 있는 걸 어쩌겠소.

헤트비히 하지만 당신을 기다리며 노심초사하는

아내의 걱정 따윈 생각하지 않죠.

남자들이 당신의 위험천만한 행로에 대해

말하는 걸 들으면 무서워서 못 살겠어요.

헤어질 때마다 당신이 영영 돌아오지 않을까 봐

가슴이 떨려요.

험악한 빙산에서 길을 잃어

절벽을 뛰어 건너다가

떨어지는 모습이나,

영양이 뒤로 뛰다가 당신까지 깊은 구렁으로

빠트리는 모습이 떠올라요.

눈사태가 일어나 묻혀 버리거나,

음흉한 얼음이 발아래에서 갈라져

당신이 떨어져 내리는 생각도 나요.

무시무시한 무덤에 생매장되는 모습이 ―.

아, 죽음은 수백 가지의 모습으로

대담한 알프스 사냥꾼을 잡아채어 가지요.

낭떠러지를 아슬아슬하게 지나다니는

당신 일은 정말 불운한 직업이에요.

텔 건강한 감각으로 주위를 면밀히 관찰하며

하느님을 믿고 민첩한 힘을 지닌 사람은

어떤 위험, 어떤 곤경에서도 쉽게 빠져나와.

산에서 태어난 사람은 산을 두려워하지 않아.

(그는 일을 끝내고 연장을 치운다.)

이제 이 문은 몇 년 동안 끄떡없을 거요.

집에 도끼만 있으면 목수를 부를 필요가 없소.

(모자를 쓴다.)

헤트비히　어디 가세요?

텔　알토르프로 가오. 장인어른을 뵈려고.

헤트비히　당신도 위험한 일을 꾸미고 있는 건 아니겠죠? 말해 보세요!

텔　왜 그런 생각을 하지?

헤트비히　태수들에게 대항하는 무슨 음모가

진행되고 있어요. 뤼틀리에서

민회가 열렸고, 당신도 동맹의 일원이니까.

텔　나는 거기 없었소. 하지만 나라가 부른다면

거절하지 않겠소.

헤트비히　당신을 위험한 자리에 갖다 놓겠죠.

늘 그랬듯이 가장 힘든 일을 당신에게 맡길 거예요.

텔　누구나 재산에 따라 세금을 내는 것과 다를 바 없소.

헤트비히　폭풍이 부는데도 당신은 그 운터발덴 사람을

호수 건너편으로 옮겨 줬어요.

도망갈 수 있었던 건 기적이었죠.

아내와 자식 생각은 전혀 안 했어요?

텔　여보, 왜 생각을 안 했겠소.

그래서 어떤 아이들의 아버지를 구해 준 거라오.

헤트비히 미쳐 날뛰는 호수로 배를 띄우다니!

그건 하느님을 믿는 게 아니에요! 하느님을 시험하는 거죠.

텔 생각이 너무 많은 사람은 행동을 잘 못하지.

헤트비히 네, 당신은 선량하고 자상해서 아무나 도와주지만,

당신 자신이 위험에 빠지면 아무도 도와주지 않을 거예요.

텔 내가 도움을 청할 일이 생기지 않기를 빕시다.

(그는 석궁과 화살을 챙긴다.)

헤트비히 활을 가지고 뭘 하시려고요? 그냥 놔두세요.

텔 무기가 없으면 팔이 없는 것과 한가지요.

(아이들이 돌아온다.)

발터 아버지, 어디 가세요?

텔 알토르프로 간다.

할아버지께. 너도 같이 가고 싶으냐?

발터 네, 물론이죠.

헤트비히 지금 태수가 거기 와 있어요. 알토르프엔 가지 마세요.

텔 오늘 돌아간다고 하던데.

헤트비히 그러니까 일단 그가 돌아갈 때까지 기다려요.

그의 눈앞에 나타나지 않는 게 좋아요.

그가 우리를 미워한다는 건 당신도 알잖아요.

텔 미워해 봤자 그다지 나를 해칠 순 없소.

나는 올바르게 행동하고 적을 무서워하지 않으니까.

헤트비히 그가 제일 미워하는 사람이 올바르게 행동하는 사람이

에요.

텔 그런 사람은 건드릴 수 없으니까.

그 기사는 아마도 나는 가만 놓아둘 거요.

헤트비히 그걸 어떻게 아세요?

텔 얼마 전에 사냥을 하느라

셰헨 계곡*의 인적 없는 험한 땅을

지나가고 있을 때였소.

혼자서 암벽 길을 걷고 있었지.

위로는 암벽이 가파르게 솟아 있고,

아래로는 계곡의 물살이 무섭게 울어 대고 있어서

돌아서 갈 우회로도 없는 곳이었소.

(아이들이 그의 좌우로 파고들어 호기심과 긴장감이 가득한 눈빛
으로 그를 올려본다.)

그때 태수가 내 쪽으로 오더군.

나도, 그도 혼자뿐이었소.

낭떠러지 위에서 인간 대 인간으로만 만나게 된 거지.

그는 누가 오는 걸 보고

그게 나라는 걸 알게 됐소. 얼마 전에

자기가 사소한 일을 구실로 삼아 심하게 벌을 준 나라는 걸
말이오.

내가 중무장을 하고 걸어오는 걸 보더니

그의 얼굴이 창백해지더군.

무릎을 덜덜 떠는 꼴이 금방 낭떠러지 아래로

떨어져 버릴 것 같았소.

— 나는 그런 그가 불쌍해서

공손하게 다가가 말했소. 접니다, 태수님.

하지만 그는 한마디도

할 수 없는 지경이었소— 입도 뻥긋 못 한 채

손짓만 하더군. 그냥 지나가라고 말이오.

나는 그를 지나쳐 걷다가 그의 수행원들을 그에게 보내 줬지.

헤트비히 그가 당신 앞에서 떨었군요— 큰일이에요!

당신이 그의 약한 모습을 본 것을 용서하지 않을 거예요.

텔 그래서 나는 그를 피하는 중이고, 그도 나를 찾지는 않을 게요.

헤트비히 어쨌든 오늘은 거기 가지 말아요. 차라리 사냥하러 가세요.

텔 왜 그러시오?

헤트비히 느낌이 좋지 않아요. 가지 마세요.

텔 아무 이유도 없이 왜 그렇게 걱정을 하시오?

헤트비히 아무 이유도 없이 일이 생길 수 있으니까요. 여보, 오늘은 여기 있어요.

텔 이미 가겠다고 약속을 했소.

헤트비히 정 그렇다면 가세요. 하지만 아이는 데리고 가지 마세요!

발터 싫어요. 어머니. 아버지와 같이 가겠어요.

헤트비히 발터야, 어머니를 버려두고 떠날 생각이냐?

발터   할아버지한테서 어머니께 드릴 멋진 선물도 얻어 올게요.

(아버지와 함께 간다.)

빌헬름   어머니, 저는 어머니 곁에 있겠어요!

헤트비히   (그를 안는다.)

　그래, 사랑스런 내 아들,

　이제 너만 남았구나!

(그녀는 대문으로 가서 텔과 발터의 뒷모습을 오랫동안 쳐다본다.)

2장

사방이 막힌 황량한 삼림 지대. 암벽에서 떨어지는 물살이 물보라를 일으킨다. 베르타가 사냥복을 입고 등장. 곧 이어 루덴츠 등장.

베르타   그가 따라오는구나. 이제 그에게 마음을 털어놓을 수 있겠어.

루덴츠   (급히 들어선다.)

　아가씨, 이제 겨우 당신과 따로 만나게 됐군요.

　사방으로 절벽이 우리를 둘러싸고 있는

　이런 험한 곳에는 염탐꾼이 없겠지요.

　이 오랜 침묵으로 내 가슴은 몸부림치고 있습니다.

베르타   사냥 일행이 우리를 뒤쫓지 않는 게 확실한가요?

루덴츠 그들은 다른 쪽으로 갔습니다. 지금이 아니면 안 돼요!

이 귀한 순간을 그냥 보낼 수는 없어요.

이제는 내 운명이 결정되어야 합니다.

그 운명이 나를 당신과 영영 갈라놓는다 해도.

오, 당신의 선량한 눈빛을

이런 어두운 냉담함으로 덮지는 마세요.

당신을 향한 대담한 야망을 갖다니 도대체 나는 누구입니까?

나는 아직 명예를 얻지도 못했고,

승리로 이름을 떨쳐 당당하게 당신께 구혼하는

기사들의 대열에 끼지도 못합니다.

오로지 충실함과 사랑으로 가득 찬 가슴만 있을 뿐이지요.

베르타 (진지하고 엄격하게)

맨 먼저 지켜야 할 의무마저 저버린 사람이

충실함과 사랑을 말할 수 있을까요?

(루덴츠가 뒤로 물러난다.)

자기 민족을 억압하는 이방인에게

자신을 팔아넘긴 오스트리아의 노예가요?

루덴츠 아가씨, 당신에게 이런 비난을 들어야 합니까?

내가 이방인의 편에 선 것은 오로지 당신을 얻기 위해서였는데?

베르타 내가 배반자의 편에 서 있다고 생각하세요?

본분을 망각하고 게슬러의 하수인으로 전락할 수 있는

스위스의 아들과 연을 맺느니

차라리 억압자 게슬러에게

손을 내미는 게 나을 거예요.

루덴츠 오, 하느님! 이게 무슨 말입니까?

베르타 모르시겠어요? 선량한 사람에게

자기 동포들보다 더 중요한 문제가 어디 있겠어요?

고결한 가슴을 지닌 사람이라면 죄 없는 사람들을 지켜 주고,

억압받는 사람들을 보호해 주는 것을

가장 멋진 의무라고 생각하지 않을까요?

당신 민족을 생각하면 애가 탑니다.

그렇게 겸손하면서도 박력이 넘치는 당신의 민족을

사랑할 수밖에 없고, 그래서 나도 **함께** 고통을 겪고 있어요.

내 마음이 온통 이 민족에게 끌리고,

날이 갈수록 이 민족을 더 존경하게 됩니다.

하지만 당신은, 혈통과 기사라는 신분에 따라

그들의 수호자로 나서야 할 당신은

그들을 **저버리고** 신의 없이 적의 편을 들고,

조국을 묶어 놓을 쇠사슬을 만들고 있군요.

나를 상처 입고 병들게 하는 사람은 당신이에요.

당신을 미워하지 않기가 너무 힘들군요.

루덴츠 어째서 내가 내 민족이 잘되기를 원하지 않겠어요?

오스트리아의 막강한 권력에 힘입어

평화를……

베르타 당신은 그들을 노예로 만들려고 하는 거예요!

당신 민족에게 남은 마지막 땅에서

자유를 추방하려고 하는 겁니다.

민중은 무엇이 좋은 것인지 잘 알고 있어요.

어떤 허상도 그들의 예리한 감각을 흐리지는 못해요.

적들이 당신의 머리에 그물을 던졌어요.

루덴츠　　베르타! 당신은 나를 미워하고 경멸하는군요!

베르타　　그럴 수 있다면 좋겠어요. 하지만

사랑하고픈 사람이 경멸당하는 것을,

또 경멸당해 마땅한 사람이라는 것을 보아야 한다니…….

루덴츠　　베르타! 베르타!

당신은 내게 더할 수 없는 행복을 안겨 주면서

또한 곧장 나락으로 떨어뜨리는군요.

베르타　　아니, 아니에요! 당신은 아직 고결한 마음을

다 잃어버린 건 아니에요! 다만 잠자고 있을 뿐이지요.

내가 그 마음을 깨워 드리겠어요.

당신은 타고난 덕성을 억누르려고 억지를 부려야 했어요.

하지만 다행히 그 덕성은 당신의 의지보다 더 강합니다.

자신을 누르려고 해도 당신은 여전히 선량하고 고결해요!

루덴츠　　나를 믿으시는군요! 오, 베르타!

당신의 사랑을 얻을 수만 있다면 무엇인들 못 하겠습니까!

베르타　　웅대한 자연이 당신에게 부여해 준

본성을 되찾으세요!

자연이 당신에게 부여해 준 자리로 가세요.

당신의 민족, 당신의 조국으로 되돌아가서

96

당신의 신성한 권리를 위해 싸우세요.

루덴츠 아, 어렵군요!

내가 황제의 권력에 맞선다면

어떻게 당신을 쟁취하고 얻을 수 있다는 말입니까?

친척들의 강력한 의지가

당신을 강압적으로 지배하고 있지 않습니까?

베르타 발트슈테테에는 제 소유의 영지가 있어요.

그리고 스위스 사람들이 자유를 지니고 있다면 저도 그래요.

루덴츠 베르타! 당신은 나의 눈을 새로 뜨게 해 주는군요!

베르타 오스트리아의 환심을 사서 저를 얻으려고 하지 마세요.

오스트리아는 내 유산을 빼앗아

그들의 거대한 유산에 합치려 하고 있어요.

당신의 자유를 먹어 삼키려고 하는 바로 그 영토욕이

나의 자유까지 위협하고 있답니다!

오, 친구여, 그들은 어떤 총신(寵臣)에게 상을 주려고

나를 선택했어요.

가식과 계략이 판을 치는

황궁으로 나를 끌고 가려고 합니다.

가증스런 결혼의 사슬이 거기서 나를 기다리고 있어요.

오직 사랑만이, 당신의 사랑만이 나를 구해 줄 수 있습니다!

루덴츠 그러면 당신은 여기 머무를 결심을 할 수 있습니까?

내 조국에서 내 아내가 되어 주시겠습니까?

오, 베르타! 내가 먼 곳을 동경한 것은

오로지 당신을 원했기 때문이 아니었나요?

명예를 얻고자 한 것도 당신에게 다가가기 위함이었습니다.

나의 야망은 오로지 당신의 사랑만을 향하고 있었습니다.

당신이 나와 함께 이 조용한 계곡에 파묻혀

세상의 부귀영화를 단념할 수 있다면,

오, 그렇다면 나는 목적을 달성한 겁니다.

거칠게 요동치는 세상의 파도가

이 산속의 호반에 부딪힌다 해도

내겐 바깥세상으로 나가려는 욕망이

조금도 남아 있지 않을 겁니다.

우리를 둘러싸고 있는 이 절벽이

넘을 수 없는 견고한 담이 되고,

이 외딴 곳의 축복받은 계곡이

하늘만을 향해 열려 있으면 좋겠어요!

베르타   이제 당신은 내가 예감하고 꿈꾸던

바로 그 사람이군요. 내 믿음이 틀리지 않았어요!

루덴츠   내 정신을 빼앗아 간 헛된 망상이여, 이제 사라져라!

나는 고향에서 행복을 찾을 것이다.

내가 즐거운 어린 시절을 보내며 자라난 곳,

수천의 기쁜 추억이 어려 있는 곳,

모든 샘물과 나무가 내게 생기를 불어넣어 주는 곳,

이 조국에서 당신은 내 아내가 되려고 하는군요!

아, 나는 언제나 조국을 사랑했습니다!

지상의 어떤 행복도 조국 없이는 완전할 수 없어요!

베르타 이 무구한 땅이 아니라면

어디에서 축복받은 섬*을 찾을 수 있을까요?

유구한 충직함을 여전히 지키고

거짓이 아직 발 딛지 못한 곳,

어떤 질투심도 우리의 행복을 방해하지 않고

시간이 영원히 밝게 흘러가는 곳이 여기인데.

여기서 당신은 진정 가치 있는 남자로서

자유롭고 동등한 사람들 가운데 일인자가 되어

순수하고 자유롭게 숭상받으며

왕처럼 위대하게 나라를 꾸려 갈 거예요.

루덴츠 모든 여자 가운데 가장 빼어난 당신은

여인의 매력적인 분주한 모습으로

내 집 안에서 천국을 일구어 내고,

봄이 꽃을 흩뿌리듯

아름다운 우아함으로 내 삶을 장식해 주고,

주위의 모든 것에 생기와 행복을 선사해 줄 겁니다!

베르타 소중한 사람, 이런 크나큰 행복을

당신 스스로 파괴하는 것을 보고

내가 얼마나 슬펐을지 이제 알겠어요?

아, 내가 이 나라의 압제자인 오만한 기사를 좇아

그의 음침한 성으로 가야 했다면 어땠을까요?

여기에는 성이 없어요. 내가 행복하게 해 주고 싶은 백성들과

나 자신을 갈라놓는 벽이 없어요!

루덴츠   하지만 나는 어떻게 빠져나와야 하지요? 어리석게도

스스로 내 목에 매어 놓은 올가미를 어떻게 벗겨 내지요?

베르타   무슨 일이 있어도 남자다운 결단력으로

끊어 버려야 해요! 당신의 민족을 지키세요.

그게 당신의 본분이니까요.

(멀리서 사냥 나팔 소리가 들린다.)

사냥 일행이 오고 있어요. 가세요, 헤어질 시간이에요.

조국을 위해 싸우는 것이 당신의 사랑을 위해 싸우는 거예요!

우리를 떨게 하는 적도 하나뿐이고,

우리 모두를 자유롭게 해 줄 자유도 하나뿐입니다!

(퇴장한다.)

3장

알토르프의 초원. 무대 앞쪽에는 나무들이 서 있고, 뒤쪽에는 장대 위에 모자가 걸려 있다. 배경은 반베르크 산으로 막혀 있고, 그 위로 눈 덮인 산맥이 솟아 있다. 프리스하르트와 로이트홀트가 보초를 서고 있다.

프리스하르트   지키고 있어 봤자 헛수고야. 이리로 와서

모자에다 공손하게 절을 하는 사람이 전혀 없어.

평소에는 장터처럼 붐비던 곳인데,

장대 위에 저 도깨비를 걸어 놓은 뒤부터는

이 풀밭 전체가 황무지처럼 썰렁해.

로이트홀트 껄렁한 녀석들만 와서 너덜너덜하고 역겨운 모자를

우리에게 흔들어 대지.

제대로 된 사람들은 모자에 고개를 숙이느니

차라리 좀 멀긴 해도

여기를 빙 돌아가거든.

프리스하르트 그래도 사람들이 점심시간에 시청에서 나올 때는

이 광장을 지나쳐 갈 수밖에 없어.

그런데 아무도 모자에 절을 하려고 하지 않으니

한 건 올릴 수 있을 거라고 생각했지.

그때 병자를 방문하고 오던 뢰셀만 목사가

이런 상황을 알아채고는 성체를 담은 그릇을 가지고

장대 바로 앞으로 가더군.

교회지기는 작은 종을 흔들어야 했지.

그러자 모두 무릎을 꿇었고, 나도 그래야 했어.

사람들의 절을 받은 건 성광(聖光)이었지 모자가 아니었어.

로이트홀트 이봐, 우리가 이렇게 모자 앞에 서 있는 게

웃음거리밖에 안 된다는 생각이 들어

멍청한 모자 앞에서 무장을 하고 보초를 서는 건

기병에게는 모욕적인 일이란 말이야.

정신이 똑바른 사람이라면 누구나 우리를 비웃을 거야.

모자에 대고 절을 하다니

그게 말이 되나? 정말 웃기는 명령이야!

프리스하르트 멍청하고 무의미한 모자라고 해서 절을 못할 건 뭔가?

자네도 골이 텅 빈 사람들에게 절을 하지 않나.

(힐데가르트와 메히트힐트, 엘스베트가 아이들과 함께 등장하여 장대 주위에 둘러선다.)

로이트홀트 그럼 자네는 비굴한 악당이로군.

기개 있는 사람들을 괴롭히겠다고 나서니 말이야.

나는 누가 모자를 그냥 지나쳐도

눈을 질끈 감고 모른 체하겠어.

메히트힐트 저기 태수님이 걸려 있네. 얘들아, 인사해라.

엘스베트 정말로 저 모자만 남겨 둔 채 태수가 가 버린다면

그게 차라리 이 나라를 위해서는 나을 거야!

프리스하르트 (그들을 쫓아낸다.)

꺼지지 못해? 빌어먹을 여편네들!

누가 오라고 했어? 남편들을 이리로 보내.

명령에 거역할 용기가 있다면 말이야.

(여자들, 물러간다.)

(석궁을 어깨에 멘 텔이 아이들 손을 잡고 등장한다. 그들은 모자에는 신경도 쓰지 않고 무대 앞쪽을 걸어간다.)

발터 (반베르크 산을 가리킨다.)

아버지, 저 산 위의 나무를

도끼로 찍으면

피가 흘러내린다는 게 정말이에요?

텔　누가 그런 말을 하더냐?

발터　목부 아저씨께서 말씀하셨어요.

나무가 마법에 걸려 있어서 누가 저 나무를 해치면

죽은 뒤에 그 사람의 손이 자라 무덤 위로 빠져나온다고 하셨

어요.

텔　나무들이 마법에 걸린 건 사실이란다.

저기 만년설로 뒤덮여 하얀 뿔처럼 솟은 봉우리가 보이지?

하늘로 끝없이 뻗어 있는 저 봉우리 말이야.

발터　밤이 되면 우르릉거리며

우리에게 눈사태를 쏟아붓는 빙하 말씀이죠?

텔　그래, 맞다. 저기 저 숲이

방벽처럼 맞서고 있지 않다면

쏟아지는 눈이 벌써 오래전에

작은 마을 알토르프를 뒤덮어 버렸을 거다.

발터　(잠시 생각한 뒤에)

아버지, 산이 **없는** 동네도 있어요?

텔　우리가 사는 이 고지를 벗어나

강을 따라 계속 내려가면

넓은 평지가 나와.

거기선 계곡물이 콸콸거리며 거품을 일으키지도 않고

강물이 조용하게 느릿느릿 흘러간단다.

하늘은 사방으로 탁 트여 있고,

넓고 아름다운 들판에서 곡식이 자라나지.

그곳의 땅은 마치 정원처럼 보인단다.

발터 아휴, 아버지. 그럼 왜

여기서 무섭고 힘들게 사는 대신

얼른 그 아름다운 땅으로 내려가지 않는 거죠?

텔 땅은 하늘처럼 아름답고 풍요롭지.

하지만 거기서 농사짓는 사람들은

그들이 심어서 거둔 결실을 누리지 못해.

발터 그 사람들은 아버지처럼

물려받은 땅에서 자유롭게 살지 못하나요?

텔 주교와 왕이 그 땅의 주인들이란다.

발터 하지만 숲에서는 자유롭게 사냥할 수 있겠죠?

텔 들짐승과 새도 모두 그 주인들 것이지.

발터 그럼 강에서 낚시는 마음대로 할 수 있어요?

텔 강과 바다와 소금도 왕의 것이야.

발터 사람들이 모두 다 무서워하는 그 왕은 **누구예요?**

텔 그들을 보호해 주고 먹여 살리는 한 분이지.

발터 그 사람들은 용감하게 자신들을 보호할 수는 없어요?

텔 거기서는 이웃끼리 서로 믿지 못하거든.

발터 아버지, 그 넓은 땅에서 살아도 갑갑할 것 같아요.

차라리 눈사태가 덮치는 곳 아래에서 그냥 사는 게 낫겠어요.

텔 그래, 그게 낫지. 나쁜 사람들보다는

빙산을 짊어지고 사는 게 나아.

(그들이 지나가려고 한다.)

발터　어, 아버지, 모자가 장대 위에 매달려 있네요.

텔　모자가 우리와 무슨 상관이냐? 자, 어서 가자.

(그가 퇴장하려고 할 때 프리스하르트가 창을 앞으로 내밀며 막아선다.)

프리스하르트　황제의 명이다! 멈춰 서라!

텔　(창을 붙잡으면서)

왜 그러시오? 왜 나를 막는 거요?

프리스하르트　당신은 율령을 어겼소. 우리를 따라오시오.

로이트홀트　당신은 모자에 경례를 하지 않았소.

텔　여보시오, 그냥 가게 해 주시오.

프리스하르트　자, 어서 감옥으로 데리고 가자!

발터　아버지를 감옥으로 데려간다고요? 도와줘요! 도와주세요!

(무대 안쪽을 향해 외친다.)

이리 와 주세요, 아저씨들, 도와주세요!

이 사람들이 아버지를 강제로 붙잡아 가요!

(목사 뢰셀만과 교회지기 페터만이 다른 세 남자와 함께 다가온다.)

교회지기　무슨 일이냐?

뢰셀만　자네들, 왜 이 사람을 붙잡나?

프리스하르트　이자는 황제의 적이고 배신자요!

텔　(그를 불끈 붙잡는다.)

내가 배신자라니!

뢰셀만 여보게, 이건 실수네. 이 사람은
정직하고 선량한 시민 텔이라네.

발터 (발터 퓌르스트를 보고 그에게 달려간다.)
할아버지, 도와주세요, 아버지가 강제로 끌려가요!

프리스하르트 자, 가자, 감옥으로!

발터 퓌르스트 (급히 달려오며)
잠깐, 내가 보증하겠소!
이런, 텔, 도대체 무슨 일인가?

(멜히탈과 슈타우파허가 온다.)

프리스하르트 이자는 태수님의 통치권을 무시하고
인정하지 않았소.

슈타우파허 텔이 그랬단 말이오?

멜히탈 저놈이 거짓말하고 있어요!

로이트홀트 그는 모자에 경례하지 않았소.

발터 퓌르스트 그 때문에 감옥에 보내겠다고? 이보게,
내가 보증을 설 테니 그를 놓아주게.

프리스하르트 당신과 당신 몸이나 보증하시지!
우리는 직분을 수행하는 것뿐이오. 자, 가자!

멜히탈 (사람들에게)
안 돼, 이건 명백한 폭력입니다! 우리 눈앞에서
뻔뻔스럽게 그를 끌고 가는 것을 보고만 있을 겁니까?

교회지기 우리가 우세합니다. 여러분, 참지 맙시다.

우리 뒤에는 더 많은 사람들이 있습니다!

프리스하르트　태수님의 명령을 거역하는 자가 누구냐?

다른 세 사람　(달려오면서)

　우리도 돕겠소. 무슨 일이오? 놈들을 때려눕힙시다!

(힐데가르트, 메히트힐트, 엘스베트가 돌아온다.)

텔　내가 알아서 하겠소. 고마운 사람들, 그만 가시오.

　내가 완력을 쓸 생각이 있었다면

　이자들의 창을 무서워했겠소?

멜히탈　(프리스하르트에게)

　어디 우리 한가운데에서 그를 끌고 가 보시지!

발터 퓌르스트와 슈타우파허　진정하게! 침착해!

프리스하르트　(외친다.)

　폭동이다! 반역이다!

(사냥 나팔 소리가 들린다.)

여자들　태수가 와요!

프리스하르트　(목소리를 높인다.)

　폭동입니다! 반란이오!

슈타우파허　목이 터져라 외쳐 봐, 이 악당 같은 놈!

뢰셀만과 멜히탈　말문이 막혔어?

프리스하르트　(더 크게 외친다.)

　도와주시오, 법 집행자를 도와주시오!

발터 퓌르스트　태수다! 큰일이구나, 이 일이 어떻게 될지!

(주먹 위에 매를 올려놓은 게슬러가 말을 타고 오고, 루돌프 데어

하라스, 베르타, 루덴츠, 무장한 수행원들 등이 뒤따른다. 수행원들은 창으로 사람들을 에워싼다.)

루돌프 데어 하라스   비켜라, 태수님이시다!

게슬러   저놈들을 밀어내라!

무엇 때문에 이렇게 모여 있느냐? 도와달라고 외친 자가 누구냐?

(아무도 말이 없다.)

누구냐? 어서 말하라!

(프리스하르트에게)

너, 앞으로 나와!

너는 누구냐? 왜 이자를 붙잡고 있나?

(그는 매를 하인에게 건네준다.)

프리스하르트   지엄하신 나리, 저는 나리의 병사인데,

지시를 받고 저 모자를 지키고 있습니다.

이자가 모자에 경례를 하지 않기에

현장에서 붙잡았습니다.

나리께서 명하신 대로 그를 체포하려 했으나,

사람들이 강제로 그를 뺏어 가려 합니다.

게슬러   (잠시 생각하고 나서)

내가 복종심을 시험하려고 여기 걸어 놓은

저 모자에 경례를 하지 않다니,

텔, 너는 이런 식으로 네 황제와

황제의 대리인으로서 통치하는 나를 모욕하는 것이냐?

너의 못된 태도가 내게 발각되고 말았구나.

텔 나리, 용서하십시오! 나리를 무시해서가 아니라

단지 부주의로 일이 그렇게 되었습니다.

제게 분별력이 있다면 제 이름이 텔이 아닐 것입니다.*

다시는 그런 일이 없을 것이니 자비를 베풀어 주십시오.

게슬러 (잠시 침묵한 뒤에)

텔, 듣자하니 너는 석궁의 명수라면서?

어떤 사수와 겨루어도 지지 않는다는데?

발터 텔 그건 정말이에요, 나리. 백 보나 떨어져 있는 나무에 달린

사과도 맞힐 수 있답니다.

게슬러 네 아들이냐, 텔?

텔 네, 나리.

게슬러 자식이 더 있느냐?

텔 아들 둘이 있습죠, 나리.

게슬러 그중 누구를 더 사랑하느냐?

텔 두 녀석들을 똑같이 사랑합니다.

게슬러 알았다. 텔! 네가 백 보나 떨어져 있는 나무의 사과를

맞힐 수 있다고 하니, 이제 내 앞에서

네 솜씨를 증명해 보거라. 석궁을 들어라.

마침 그것을 가지고 있으니. 자, 준비해라.

네 아들 머리에 올려놓은 사과를 맞혀 보거라.

정확히 조준해야 할 것이다.

첫 발에 사과를 맞혀야 한다.

그렇게 못하면 목이 날아갈 테니.

(모두 깜짝 놀란다.)

텔 나리, 제게 무슨 끔찍한 일을

시키시려는 겁니까. 제 아들의 머리에 올려놓은 사과를……,

아니, 아니, 그럴 수는 없습니다, 나리.

진심으로 하시는 말씀은 아니겠지요. 하느님, 보살펴소서!

정말로 아비에게 그런 일을 시키실 수는 없습니다!

게슬러 아들의 머리에 올려놓은 사과를 쏴서 떨어뜨려라.

그것이 내가 명하고 요구하는 것이다.

텔 제 석궁으로

사랑하는 아들의 머리를 겨냥해야 하다니

차라리 죽는 게 낫습니다!

게슬러 쏘든지 아니면 네 아들과 함께 죽든지 둘뿐이다.

텔 아들을 죽인 자가 되어야 하다니!

나리, 당신은 자식이 없습니다.

아비의 마음이 어떤지를 모르십니다.

게슬러 이것 봐, 텔. 갑자기 분별력이 생긴 모양이군!

너는 몽상가고,

여느 사람과는 다르게 생각한다고 하더군.

기이한 것을 좋아한다고 말이다.

그래서 너를 위해 특별한 모험을 마련해 주는 것이다.

다른 사람이라면 주저하겠지.

하지만 너는 눈을 질끈 감고 대담하게 감행할 것이다.

베르타 오, 나리, 장난을 그만두세요! 불쌍한 사람들이에요!

저렇게 창백하게 떨고 있지 않습니까.

태수님의 농담이 저들에게는 익숙하지가 않아요.

게슬러 내가 농담하는 거라고 누가 그러느냐?

(그의 머리 위에 늘어뜨려진 나뭇가지를 잡는다.)

여기 사과가 있다.

자, 비켜라. 텔은 으레 그렇게 하듯

목표로부터 거리를 재어라.

더도 덜도 아닌 꼭 팔십 보를 주겠다.

백 보 거리에서도 목표물을 맞힐 수 있다고 뻐겼으니

자, 맞혀 보아라. 빗나가지 않도록 하라!

루돌프 데어 하라스 맙소사, 진짜로구나. 얘야, 엎드려라.

진심인 모양이다. 태수님께 살려 달라고 빌어.

발터 퓌르스트 (거의 인내심을 잃어 가는 멜히탈에게 곁에서)

진정하게, 제발 부탁하네, 가만히 있게.

베르타 (태수에게)

이제 그만하세요, 나리! 아비의 두려움을 갖고

희롱하시는 건 사람의 도리가 아닙니다.

이 불쌍한 사람이 가벼운 죄로 인해

목숨을 잃어야 한다고 해도, 제발!

그는 벌써 열 번의 죽음을 맛본 셈입니다.

그를 그만 괴롭히시고 집으로 보내 주세요.

이제 그는 태수님을 알게 되었으니

그도, 그의 자손들도 이 순간을 잊지 않을 거예요.

게슬러　거기 길을 비켜라, 어서! 텔, 왜 망설이느냐?

너는 죽을죄를 졌다. 너를 죽일 수도 있다.

하지만 봐라, 자비롭게도 나는 네 운명을

너의 숙련된 손에 맡기지 않았느냐.

자신의 운명을 스스로 결정할 수 있게 해 주는 판결을

가혹하다고 말할 수는 없겠지.

너는 네 예리한 눈을 자랑했겠다! 좋다!

사수, 오늘 네 기술을 보여 줄 기회가 왔다.

목표물은 중하고 상은 크다!

과녁의 중앙을 맞힐 수 있는 자는 너뿐이 아니다.

하지만 어떤 경우에도 확실하게 기술을 발휘하는 자만이

대가라고 불릴 자격이 있다.

어떤 마음도 잘 다스려 손도 떨리지 않고 눈도 젖지 않아야 하지.

발터 퓌르스트　(태수 앞에 엎드린다.)

태수님, 우리는 태수님의 심판권을 인정합니다.

하지만 법보다 은총을 베푸십시오.

제 재산의 반, 아니 전부를 취하시고

다만 이 끔찍한 벌만은 아비에게서 면하게 해 주십시오!

발터 텔　할아버지, 나쁜 사람 앞에 무릎을 꿇지 마세요!

제가 어디에 서야 하는지 말씀해 주세요, 저는 무섭지 않아요.

아버지는 날아가는 새도 맞히시거든요.

잘못 쏘아 자식의 심장을 맞히지는 않으실 거예요.

슈타우파허　태수님, 때 묻지 않은 어린애의 간청이 들리지 않으십니까?

뢰셀만　오, 잊지 마십시오, 하늘에 하느님이 계시다는 것을.

하느님 앞에서 당신의 행위를 책임져야 할 때가 온다는 것을.

게슬러　(아이를 가리킨다.)

이 아이를 저 보리수나무에 묶어라!

발터 텔　묶는다고요?

아니요, 그럴 필요 없어요.

저는 양처럼 가만히 서서 숨도 쉬지 않을 거예요.

저를 묶으면 그렇게 할 수 없어요.

저를 묶은 끈을 풀어 달라고 날뛸 거예요.

루돌프 데어 하라스　그럼 눈이라도 가려라, 애야.

발터 텔　눈은 왜요? 아버지가 쏘신 화살을

제가 두려워할까 봐요?

저는 끄떡없이 기다릴 거예요. 눈도 깜짝하지 않겠어요.

어서요, 아버지. 훌륭한 사수란 걸 보여 주세요.

저 사람은 아버지를 믿지 않아요. 우리가 잘못될 거라고 생각하고 있죠.

저 폭군이 분통이 터지도록 쏘아서 맞히세요.

(그가 보리수나무 쪽으로 간다. 누가 그의 머리에 사과를 올려놓는다.)

멜히탈　(사람들에게)

뭐 하는 겁니까? 이 뻔뻔스런 짓이 우리 눈앞에서

버젓이 자행하도록 놓아 둘 겁니까? 우리의 맹세는 어디로 갔

지요?

슈타우파허　소용없네. 우리는 무기가 없어.

우리를 둘러싸고 있는 저 무수한 창을 봐.

멜히탈　오, 우리가 즉시 실행했더라면!

하느님, 연기하자고 했던 사람들을 용서하소서!*

게슬러　(텔에게)

시작하라! 무기란 공연히 들고 다니는 물건이 아니다.

살인 무기를 가지고 있는 것은 위험한 일이니

사수가 쏜 화살은 그에게 되돌아오는 법이다.

농부가 이런 자랑스러운 권리를 멋대로 취하는 것은

나라의 통치자를 모욕하는 짓이다.

명령권을 가진 자만이 무장할 수 있다.

너희가 화살과 활을 들고 다니기를 좋아하니

목표물은 내가 정해 주마.

텔　(석궁에 시위를 얹고 화살을 활대에 건다.)

길에서 물러나시오! 비켜 주시오!

슈타우파허　텔, 무슨 짓이오! 정말로? 그럴 순 없소! 당신은 떨고

있소.

손이 요동을 치고, 무릎이 흔들리고 있소.

텔　(석궁을 내려뜨린다.)

눈이 흐릿해!

여자들   맙소사!

텔   (태수에게)

  쏘지 못하겠습니다. 차라리 내 심장을 가져가십시오.

(가슴을 풀어 젖힌다.)

  기병들을 불러 나를 찌르게 하십시오.

게슬러   내가 원하는 건 네 목숨이 아니라 발사다.

  너는 뭐든지 잘하지 않느냐, 텔. 겁내는 것도 없지.

  화살뿐만 아니라 배도 잘 다룬다는데.

  구할 사람이 있으면 폭풍도 두려워하지 않더군.

  자, 이제 너 자신을 구해 보거라. 그게 모든 사람을 구하는 길이다!

(텔은 혹독한 고통을 느끼며 서 있다. 손을 움찔거리고 눈알을 굴리면서 태수를 보다가 하늘을 보다가 한다. 그러다가 갑자기 화살집에서 화살을 하나 더 꺼내어 조끼에 꽂는다. 태수는 이 모든 동작을 눈여겨본다.)

발터 텔   (보리수나무 아래에서)

  아버지, 쏘세요. 저는 무섭지 않아요.

텔   할 수 없구나!

(그는 마음을 가다듬고 시위를 당긴다.)

루덴츠   (지금까지 줄곧 격렬한 갈등에 휩싸여 격정을 억누르고 있던 그가 마침내 앞으로 나선다.)

  태수님, 더 이상은 안 됩니다.

  여기서 **멈추세요**. 단지 한번 시험해 보실 생각이셨으니

이제 목적은 달성된 겁니다. 도가 지나치면

태수님의 엄격하고 현명하신 뜻에 어긋나고 맙니다.

시위를 너무 팽팽하게 당기면 활이 부러집니다.

게슬러   자네는 부를 때까지 가만히 있게.

루덴츠   말해야 하겠습니다. 제겐 말할 권리가 있습니다.

황제 폐하의 명예는 제게도 신성하니까요.

이런 식의 통치는 증오만 초래할 것입니다.

폐하의 뜻은 이런 것이 아닙니다. 떳떳이 말씀드릴 수 있습니다.

제 민족은 이런 잔인한 취급을 받을 짓을 하지 않았습니다.

태수님도 이러실 권한은 없습니다.

게슬러   뭐라고? 자네가 감히!

루덴츠   지독한 행위를 자주 보았지만

지금까지는 침묵해 왔습니다.

멀쩡한 눈을 감았고,

노하여 터질 것 같은 심장을

가슴속에서 억눌렀습니다.

하지만 더 이상 침묵하는 것은

조국도 황제 폐하도 배신하는 행위가 될 것입니다.

베르타   (루덴츠와 게슬러 사이로 뛰어든다.)

오, 맙소사! 당신은 성난 사람을 더 자극하고 있어요.

루덴츠   저는 제 민족을 외면하고 제 혈족을 거부했습니다.

자연이 맺어 준 모든 인연을 끊어 버렸습니다.

태수님 곁에 다가가기 위해서였지요.

황제의 권력을 확고히 하는 것이

모든 사람을 위한 최선이라고 믿었습니다.

이제야 눈이 떠지는군요. 무섭습니다.

제가 이끌려 온 곳은 벼랑 가였어요.

당신은 저의 자유로운 판단력을 흐려 놓았고,

저의 정직한 마음을 현혹했습니다.

하마터면 잘하는 짓인 줄 알고 제 민족을 파멸시킬 뻔했습니다.

게슬러　무모하군, 이게 자네 주인에게 할 말인가?

루덴츠　제 주인은 황제 폐하시지 태수님이 아닙니다.

저도 태수님처럼 자유롭게 태어났고,

기사가 갖추어야 할 덕성 면에서도 태수님께 뒤지지 않습니다.

그리고 황제 폐하께서 이렇게 모욕당하고 계신 순간에도

저는 여전히 그분을 존경합니다. 만일 태수님이

황제 폐하의 대리인으로 여기 서 있는 것이 아니라면

저는 태수님 앞에 손수건을 던졌을 것이고,

태수님은 기사의 관례에 따라 제게 대답해야 했을 겁니다.*

그렇습니다, 병사들에게 신호를 보내고 싶으면 보내십시오.

(군중을 가리키며)

저는 저 **사람들**처럼 무방비하게 여기 서 있는 것이 아닙니다.

내겐 칼이 있어요.

내게 덤비는 자는…….

슈타우파허　(외친다.)

사과가 떨어졌다!

(사람들이 모두 이쪽을 향해 서 있고 베르타가 루덴츠와 태수 사이로 뛰어드는 사이에 텔이 이미 화살을 쏘았다.)

뢰셀만　아이가 살았어!

여러 사람들　사과가 명중됐다!

(발터 퓌르스트가 비틀거리면서 쓰러지려고 한다. 베르타가 그를 부축한다.)

게슬러　(놀라서)

　뭐라고? 그가 쐈다고? 미친 놈!

베르타　아이가 살았어요! 당신에게 오고 있네요, 훌륭한 아버지!

발터 텔　(사과를 들고 달려온다.)

　아버지, 사과가 여기 있어요. 저는 알고 있었어요.

　아버지가 저를 다치게 하지 않으실 거라고요.

(텔은 몸을 굽혀 화살을 따라가려는 듯한 자세로 서 있다. 석궁이 그의 손에서 빠져나와 떨어진다. 아이가 오는 것을 보자 그는 두 팔을 활짝 벌리고 아이에게 달려간다. 격렬하게 아이를 끌어안고 가슴 위로 들어 올린 그는 그대로 힘없이 주저앉아 버린다. 모두 감동하여 서 있다.)

베르타　오, 자비로운 하느님!

발터 퓌르스트　(부자에게)

　애들아! 내 새끼들!

슈타우파허　하느님, 감사합니다!

로이트홀트　정말 멋지게 쏘았어요!

　후세에도 길이길이 전해질 이야기예요.

루돌프 데어 하라스　저 산이 무너지지 않는 한

　사람들은 사수 텔을 잊지 않을 겁니다.

(태수에게 사과를 준다.)

게슬러　정말이로군! 사과 한가운데에 맞았어!

　이건 실로 대가의 솜씨야. 칭찬하지 않을 수 없구나.

뢰셀만　사격은 탁월했지만 그로 하여금

　신을 시험하도록 강요한 자는 화를 입을 거요.

슈타우파허　정신 차리시오, 일어서요, 텔. 남자답게 일을

　끝냈으니 이제 자유롭게 집으로 돌아갈 수 있소.

뢰셀만　자, 자, 아들을 엄마에게 데려다 주세요.

(그들은 텔을 데리고 가려 한다.)

게슬러　텔, 잠깐!

텔　(되돌아온다.)

　무슨 일이십니까?

게슬러　자네는 화살을 하나 더 꺼냈어. 그래,

　틀림없이 보았지. 그걸로 뭘 하려고 했나?

텔　(당황하여)

　태수님, 그건 그저 사수들의 습관입니다.

게슬러　아니지, 텔. 그 대답으론 충분하지 않아.

　뭔가 다른 뜻이 있었을 거야.

　주저 말고 선선히 사실을 말해, 텔.

　그 뜻이 뭐였든 자네 생명은 보장해 줄 테니.

　두 번째 화살은 왜 뽑았지?

텔 좋습니다, 태수님.

제 생명을 보장해 주신다니

꾸밈없이 사실을 말씀드리지요.

(그는 조끼에서 화살을 꺼내어 무서운 눈초리로 태수를 노려본
다.)

화살이 아들을 맞혔더라면

이 두 번째 화살로 쏘았을 겁니다— 당신을.

그리고 절대로! 당신을 빗맞히지는 않았을 겁니다.

게슬러 알았다, 텔! 네 생명을 보장해 주겠다고

기사로서 약속했으니 그 약속은 지키겠다.

허나 네 못된 생각을 알게 되었으니

네 화살로부터 나를 보호해야겠다.

해도 달도 비치지 않는 곳으로

너를 끌고 가서 가두어 놓게 하겠다.

이봐, 이자를 체포하라! 이자를 묶어!

(텔이 묶인다.)

슈타우파허 아니, 태수님!

이 사람을 이렇게 다루어도 되는 겁니까?

하느님이 분명하게 도와주신 이 사람을?

게슬러 하느님이 그를 다시 한 번 도와주시는지 보자.

그를 내 배로 끌고 가라. 나도 즉시 뒤따라가겠다.

내가 직접 그를 퀴스나흐트로 데려갈 것이다.

뢰셀만 그렇게 하실 수 없습니다, 황제도 그렇게 하실 수는 없습

니다.

우리의 '자유 서한'에 위배됩니다!*

게슬러 그게 어디 있지? 황제께서 승인해 주셨나?

그렇게 하지 않으셨다.

복종을 바쳐야만 그런 은총을 얻을 수 있는 거다.

너희는 모두 황제의 심판에 거역하는

반역자들이고, 무엄한 모반을 획책하고 있지.

나는 너희를 모두 알고 있다. 너희 생각을 훤하게 읽고 있어.

지금은 너희 중에서 저자만을 끌고 가지만,

너희는 모두 공범이다.

똑똑한 자라면 입 다물고 복종해야 할 것이다.

(그가 퇴장한다. 베르타, 루덴츠, 하라스, 그 밖의 일행이 그를 뒤 따라간다. 프리스하르트와 로이트홀트만 남는다.)

발터 퓌르스트 (격렬한 고통을 느끼며)

이제 끝났어. 태수는 나와 내 일족을 모두

파멸시키기로 작정을 한 거야!

슈타우파허 (텔에게)

오, 왜 저 폭군을 자극했단 말이오!

텔 내 고통을 느낄 수 있는 사람은 자제하도록 하시오.

슈타우파허 오, 이제 다, 전부 다 끝이오!

당신 때문에 우리 모두 묶이게 되었소!

사람들 (텔을 둘러싼다.)

당신 때문에 우리의 마지막 희망마저 사라졌소!

로이트홀트 (다가온다.)

　텔, 안됐지만 어쩔 수 없소. 명령을 따라야 합니다.

텔 　잘 계시오!

발터 텔 (극심한 고통으로 그에게 매달리며)

　아, 아버지, 아버지, 사랑하는 아버지!

텔 (하늘을 향해 손을 뻗는다.)

　네 아버지는 저 하늘 위에 계신다! 그분께 말씀드려라!

슈타우파허 　텔, 당신 부인께 이 일을 숨기는 게 좋겠소?

텔 (뜨거운 격정으로 아들을 들어 올려 끌어안으며)

　아이는 다치지 않았습니다. 하느님께서 저를 도와주실 겁니다.
(재빨리 아이를 떼어 내고 무장 병졸들을 따라간다.)

4막

1장

피어발트슈테테 호수의 동쪽 기슭. 배경의 서쪽은 기이한 형상의 가파른 암벽이 가로막고 있다. 호수는 큰 소리로 물결치며 요동하고 있다. 때때로 번개와 천둥이 친다. 쿤츠 폰 게르자우와 어부, 어부의 아들이 등장.

쿤츠 내 눈으로 직접 보았으니 믿어도 됩니다.
   모든 것이 당신에게 말한 그대로였어요.

어부 텔이 체포되어 퀴스나흐트로 이송되는 중이라니!
   자유를 위해 싸울 때가 오면 그가
   가장 필요한 사람, 가장 믿을 만한 팔뚝인데.

쿤츠 태수가 직접 그를 데리고 호수를 건너가고 있어요.
   내가 플뤼엘렌에서 출발할 때 그들은 막

배에 올라타고 있었는데,

지금 몰려오고 있는 이 폭풍 때문에

나도 급히 여기에 정박해야 했고,

아마 그들도 출발하기 힘들었을 겁니다.

어부 텔이 태수에게 붙잡혀 묶여 있다니!

오, 태수는 그를 다시는 햇빛을 볼 수 없는

깊은 땅속에 처박아 놓을 것입니다!

자신이 그렇게 가혹하게 취급한 그 자유로운 남자의

정당한 복수를 두려워할 수밖에 없을 테니까요!

쿤츠 고귀한 아팅하우젠 전직 지사님도

지금 임종이 가까웠다고 하더군요.

어부 이렇게 우리 희망의 마지막 닻이 부러지는구나!

민중의 권리를 위해 목소리를 높이실 분은

그분밖에 없었는데!

쿤츠 폭풍이 거세지네요. 잘 계시오,

마을에 숙소나 잡아야 하겠습니다.

오늘은 영 출발하기가 그른 것 같으니까요.

(퇴장한다.)

어부 텔이 붙잡히고 남작님도 돌아가시다니!

폭정이여, 뻔뻔스런 이마를 치켜들어라,

이제 거리낄 게 없으니. 진리는 입을 다물고,

멀쩡한 눈은 가려졌다.

구원의 팔뚝도 묶여 있지 않느냐!

소년   우박이 쏟아지고 있어요. 오두막으로 들어가세요, 아버지.

여기 밖에 계시는 건 좋지 않아요.

어부   바람아 날뛰어라. 번개야 내려쳐라.

구름아 찢어져라. 하늘의 강물아 쏟아져라.

이 땅을 삼켜 버려라! 아직 태어나지 않은

우리 후손들을 일찌감치 죽여 버려라!*

너희 광포한 것이여, 우리를 지배해라,

너희 곰들도, 너희 늙은 늑대들도

광활한 황야로 돌아와 이 땅을 차지해라!

자유 없이 누가 여기 살려고 하겠느냐!

소년   들어 보세요, 깊은 물이 울부짖고, 소용돌이가 으르렁대고

있어요.

이 골짜기가 이렇게 날뛰는 건 처음 봐요!

어부   자기 자식의 머리를 향해 활을 쏘아야 하다니,

지금까지 그런 명령을 받은 아버지는 없었다!

그러니 자연이 저렇게 격분하여

마구 날뛰지 않을 수 있겠느냐!

암벽이 호수로 떨어져 내리고,

태초 이래 한 번도 녹지 않은

저 산꼭대기의 얼음 탑이

드높은 봉우리에서 녹아내리고,

산이 무너지고, 오래된 협곡이 주저앉고,

대홍수가 다시 한 번 일어나

모든 생명의 보금자리를 삼켜 버린다고 해도

전혀 놀랄 일이 아니다!

(종소리가 들린다.)

소년   들어 보세요. 누가 산 위에서 종을 치고 있어요.

어떤 배가 침몰할 위기에 빠진 걸 보고

기도하라고 종을 치는 게 틀림없어요.

어부   지금 이 무시무시한 요람 속에서

흔들거리고 있을 배가 불쌍하구나!

이런 땐 키도 키잡이도 소용이 없다.

폭풍이 멋대로 배를 조종하고,

바람과 물결이 인명을 가지고 장난하고 있다.

사람을 따뜻하게 보호해 줄 만(灣)은 어디에도 없지!

붙잡을 데 없는 가파른 절벽은

그저 냉정히 그를 바라보면서

곧추선 돌 가슴만 내밀 뿐이다.

소년   (왼쪽을 가리키며)

아버지, 배가, 플뤼엘렌에서 배가 오고 있어요.

어부   하느님, 불쌍한 사람들을 도우소서!

일단 바람이 이 물의 계곡에 갇히면

겁먹은 맹수처럼 미쳐 날뛰지.

쇠창살을 마구 두드리고

울부짖으며 문을 찾지만 헛수고야.

하늘 높이 솟아 좁다란 통로를 가로막는

절벽이 바람을 꽁꽁 에워싸고 있으니까.

(그는 둔덕 위로 올라간다.)

소년 저건 우리 주 태수님의 배예요, 아버지.

붉은 지붕과 깃발을 보면 알 수 있어요.*

어부 하느님의 심판이로구나!

그래, 저기 배를 타고 가는 사람은 바로 태수다.

저쪽으로 배를 몰면서 자기 죄*도 태우고 가는구나!

복수자의 팔이 재빨리 그를 찾아냈으니

이제는 그도 자기보다 더 강력한 주인이 있음을 깨달았겠지.

저 물결은 전혀 그의 명령을 따르지 않고,

저 절벽은 그의 모자 앞에서 고개를 숙이지 않아.

애야, 기도하지 마라,

하늘의 심판에 간섭하면 안 된다!

소년 태수님을 위해 기도한 게 아니에요.

그와 함께 배 위에 타고 있는 텔을 위해 기도했어요.

어부 오, 어리석고 눈먼 자연의 힘이여!

죄인 한 사람을 벌하기 위해

키잡이와 함께 배를 통째로 파괴해야 하는가!

소년 저기 보세요, 저기! 운 좋게도 배가

부기스그라트를 지나갔어요. 하지만

토이펠스뮌스터에 부딪혀 튕겨 나온 엄청난 폭풍이

배를 대(大) 악센베르크로 되돌리고 있어요…….

이젠 안 보여요.

어부   저기가 하크메서*다.

　벌써 여러 척의 배가 저기 부딪혀 난파했지.

　영리하게 배를 몰아 저기를 벗어나지 않으면

　가파르게 떨어져 내리는 절벽을 만나

　배가 산산조각이 나고 말 거다.

　저 배엔 유능한 키잡이가 타고 있다.

　저 배를 구할 수 있는 유일한 사람이 텔이지.

　하지만 그의 손과 팔이 묶여 있지 않느냐.

(빌헬름 텔이 석궁을 들고 나타난다. 그는 빠른 걸음으로 다가오
다가 놀란 듯이 주변을 두리번거리고는 극히 격렬한 몸짓을 한다.
무대 중앙에 도달한 뒤 그가 쓰러진다. 손을 땅으로 뻗었다가 다
시 하늘로 뻗는다.)

소년   (그를 알아채고)

　저기 보세요, 아버지. 저기 무릎을 꿇고 있는 사람이 누구죠?

어부   손으로 땅을 짚고 있는 모양이

　마치 미친 사람 같구나.

소년   (앞으로 나온다.)

　어, 이 사람은! 아버지, 이리 와 보세요!

어부   (다가온다.)

　누군데 그러느냐 — 맙소사! 이게 웬일인가! 텔 아닌가?

　아니 어떻게 여기로 왔소? 말해 보시오!

소년   아저씨는 묶인 몸으로

　저 배에 타고 있지 않았나요?

어부 퀴스나흐트로 끌려간 게 아니었소?

텔 (일어선다.)

  탈출했소.

어부와 소년 탈출하셨군요! 오, 하느님의 기적입니다!

소년 어디서 오시는 길이에요?

텔 저 배에서.

어부 뭐라고요?

소년 (동시에)

  태수는 어디 있어요?

텔 저 파도 위에서 헤매고 있지.

어부 정말이오? 하지만 당신은? 어떻게 당신은 여기 있소?

  어떻게 저 무리와 폭풍을 떨쳐 냈단 말이오?

텔 하느님의 자비로운 보살핌 덕택입니다. 들어 보시오!

어부와 소년 오, 말해 보세요, 말해 보세요!

텔 알트도르프에서 생긴 일은

  알고 계시지요?

어부 다 들었습니다. 말씀해 보시오!

텔 태수가 나를 체포하여 결박하게 했지요.

  그의 성이 있는 퀴스나흐트로 나를 호송하려고 했습니다.

어부 그래서 배에 당신을 태우고 플뤼엘렌에서 출발했지 않소!

  다 알고 있으니 어떻게 탈출했는지 말해 보시오!

텔 나는 오랏줄에 꽁꽁 묶여 배에 누워 있었지요.

  저항할 방법도 없어 포기한 상태였습니다.

명랑한 햇빛도, 아내와 자식들의

사랑스런 얼굴도 더는 못 볼 거라고 생각했습니다.

그저 낙심하여 황량한 물결만 쳐다보고 있었지요.

어부 오, 불쌍한 사람!

텔 그렇게 우리, 태수와 루돌프 데어 하라스와 다른 병졸들은

배를 타고 가고 있었습니다.

내 활과 화살 통은

고물 쪽의 키 옆에 놓여 있더군요.

우리가 막 작은 악센 옆의 모퉁이에 이르렀을 때,

하느님이 갑자기 고트하르트 계곡의 목구멍으로부터

무시무시하고 살인적인 뇌우를 쏟아부으셨습니다.

노 젓던 사람들은 모두 힘이 빠져 버렸고,

모두 다 비참하게 익사할 것이라고 생각했지요.

그때 어떤 하인 하나가 태수에게 다가가

이렇게 말하더군요.

태수님, 상황이 너무 급박합니다.

절체절명의 위기입니다.

키잡이들이 온통 겁을 먹어 갈팡질팡하고

어떻게 배를 몰아야 할지 모르고 있습니다.

하지만 텔은 힘도 세고 배도 몰 줄 아니

이런 위기에서는 그를 써야 하지 않겠습니까?

이에 태수가 내게 말하더군요.

텔, 네가 우리를 폭풍에서 구해 줄 자신이 있다면

포박을 풀어 주겠다.

나는 이렇게 대답했지요. 좋습니다, 하느님이 도와주신다면

우리를 여기서 빼낼 자신이 있습니다.

그래서 오랏줄이 풀렸고,

나는 키를 잡고 성의껏 배를 몰았지요.

그러면서 내 활이 놓여 있는 쪽을 훔쳐보기도 하고,

배에서 뛰어내릴 적당한 곳이 있는지

호숫가의 지형을 눈여겨 살펴보기도 했소.

그런데 마침 호수 안쪽으로 편평하게 뻗어져 나와 있는

바위가 보이더군요.

어부 알고 있어요. 큰 악센의 발치에 있지요.

하지만 그쪽 지형이 가파르기 때문에

배에서 뛰어내려 닿을 수는 없을 것 같은데…….

텔 나는 병졸들에게 외쳤습니다.

그 바위 앞에 닿을 때까지 힘껏 노를 저으라고.

거기에 닿으면 최악의 고비는 벗어날 수 있다고 말입니다.

있는 힘을 다해 노를 저어 곧 거기 도달했을 때,

나는 하느님의 은총을 빌며

젖 먹던 힘까지 쏟아부어

뱃고물을 암벽 쪽으로 밀어붙였지요.

그 순간 재빨리 활과 화살 통을 집어 들고

풀쩍 뛰어내려 바위* 위에 올라섰습니다.

그리고 힘차게 뒤로 발길질을 해서

배를 물의 주둥이 속으로 밀어 넣었어요.

거기서 배가 어떻게 표류하든 그건 하느님의 뜻이겠지요.

이렇게 나는 폭풍의 폭력과, 그보다 더 지독한

인간의 폭력에서 벗어나 여기 오게 된 것입니다.

어부 텔, 텔, 하느님께서 당신에게 기적을 베푸신 것은

의심할 수 없는 사실이군요. 정말 믿을 수 없는 일입니다.

하지만 말해 보시오! 이제 어디로 가실 작정이오?

태수가 이 폭풍을 살아서 이겨 낸다면

당신은 안전하지 못할 텐데.

텔 내가 아직 결박되어 배에 누워 있을 때,

그가 말하는 것을 들었소. 브룬넨에서 내려 슈비츠를 거쳐

나를 그의 성으로 끌고 가겠다고 하더군요.

어부 그럼 거기까지 육로를 택하겠다는 겁니까?

텔 그럴 생각이더군요.

어부 아이고, 그러면 지체하지 말고 숨으시오.

하느님도 두 번씩이나 당신을 그의 손아귀에서 풀어 주시지는

않을 테니.

텔 아르트와 퀴스나흐트로 가는 지름길을 가르쳐 주시오.

어부 큰 길은 슈타이넨을 거쳐 가지만,

내 아들이 로베르츠를 지나가는

더 가깝고 은밀한 길로 인도해 드릴 수 있습니다.

텔 (그에게 악수를 청하며)

이렇게 친절을 베풀어 주셨으니 하느님께서 보답해 주시기를!

(가다가 되돌아온다.)

　뤼틀리에서 다른 사람들과 함께 맹세하지 않았습니까?

　당신 이름을 들은 것 같기도 한데…….

어부 나도 거기 있었지요.

　동맹의 맹세도 함께했소.

텔 그럼 속히 뷔르글렌으로 가 주시기를 부탁드립니다.

　아내가 나 때문에 실의에 빠져 있을 테니

　내가 탈출하여 잘 은신해 있다고 전해 주시오.

어부 당신이 어디로 도망갔다고 전할까요?

텔 뤼틀리에서 함께 맹세한 사람들과 장인어른이

　지금 아내와 함께 있을 겁니다.

　그들에게 전해 주시오. 용기를 잃지 말고 희망을 가지라고 말이오.

　텔이 **자유를 되찾아** 마음대로 팔을 쓸 수 있게 되었고,

　곧 다시 연락을 할 것이라고 말해 주시오.

어부 어떻게 할 생각이오? 터놓고 말해 보시오.

텔 행동이 끝나고 나면 말도 뒤따를 겁니다.

(퇴장한다.)

어부 예니, 이분께 길을 안내해 드려라. 하느님이 그와 함께하시기를!

　그는 마음먹은 일은 뭐든지 다 해낸다.

(퇴장한다.)

2장

아팅하우젠에 있는 저택. 남작이 안락의자에 앉아 임종을 맞고 있다. 발터 퓌르스트, 슈타우파허, 멜히탈, 바움가르텐이 그를 간호하고 있다. 발터 텔은 남작 앞에서 무릎을 꿇고 있다.

발터 퓌르스트 이제 소용없어요, 돌아가셨습니다.

슈타우파허 아직 운명하시지는 않은 것 같습니다. 보세요,
   입술 위의 깃털이 움직이지 않습니까!*
   그의 잠은 고요하고 표정은 미소를 짓고 있습니다.
(바움가르텐이 문 쪽으로 가서 누구와 이야기한다.)

발터 퓌르스트 (바움가르텐에게)
   누구요?

바움가르텐 (돌아온다.)
   어르신의 따님이신 헤트비히 부인입니다.
   어르신과 이야기하고 싶고, 아들도 보고 싶다고 하시는군요.
(발터 텔이 일어선다.)

발터 퓌르스트 내가 위로해 줄 수 있을까? 나 자신이 절망에 빠져 있는데?
   온갖 고통이 내 머리를 뒤덮고 있지 않은가?

헤트비히 (안으로 밀고 들어오며)
   내 아들은 어디 있어요? 비켜요, 그 애를 봐야 해요!

슈타우파허 진정하세요, 여기는 초상집이란 걸 생각하세요.

헤트비히 (소년에게 달려들면서)

  발터야! 오, 살아 있었구나!

발터 텔 (그녀에게 매달리며)

  불쌍한 어머니!

헤트비히 정말이지? 다치지 않은 거지?

(걱정스럽게 가슴 졸이며 소년을 살펴본다.)

  그럴 수가 있을까? 네 머리를 향해 쏠 수가?

  어떻게 그럴 수가 있지? 오, 냉정한 사람!

  자기 자식을 향해 화살을 쏘다니!

발터 퓌르스트 두려워하면서, 고통으로 가슴이 찢어지면서 그렇게 한 거다.

  그럴 수밖에 없었다. 목숨이 달린 일이었으니까.

헤트비히 오, 그가 아버지로서의 마음을 지녔다면

  그렇게 하기 전에 천 번은 죽었을 거예요!

슈타우파허 그렇게 잘 이끌어 주신

  신의 자비로운 은총을 찬양하세요.

헤트비히 어떻게 잊을 수가 있어요?

  어떤 일이 일어날 뻔했는지를! 오, 하느님!

  제가 여든 살까지 산다 해도 이 아이가 나무에 묶여 있고,

  애비는 아이를 겨누고 있는 것만 보일 테고,

  화살이 영원히 제 가슴을 파고들 거예요.

멜히탈 부인, 태수가 그를 얼마나 성나게 했는지 아신다면!

헤트비히 오, 냉혹한 남자들! 자존심이 상하면

눈에 보이는 게 없지요.

미친 듯이 노름에 눈이 멀어

아이의 머리와 아내의 심장을 판돈으로 내놓죠!

바움가르텐 그는 이미 너무나 혹독한 운명을 겪고 있는데,

그런 심한 비난으로 그의 마음을 더 아프게 해야 합니까?

그가 겪는 고통에는 아무 관심이 없나 보죠?

헤트비히 (그를 향해 돌아서서 뜻밖이라는 듯 눈을 크게 뜨고 쳐

다본다.)

친구의 불행에 눈물만 흘리면 **당신** 할 일은 다한 건가요?

그 훌륭한 사람이 오랏줄에 묶일 때 당신들은 어디 있었죠?

그때 당신들은 그를 도와줬나요?

당신들은 흉악한 일이 벌어지는 걸 그저 바라보기만 했어요.

당신들 한가운데에서 친구가 붙잡혀 가는 걸 보고도 꾹 참고 있

었지요.

텔도 당신들을 그렇게 대하던가요?

바움가르텐, 당신 뒤에서는 태수의 기병들이 쫓아오고

당신 앞에서는 성난 호수가 으르렁거리고 있을 때

그때 텔도 당신처럼 슬픈 표정을 지으며 가만히 서 있기만 하던

가요?

당신을 가엾게 여기며 쓸데없는 눈물만 흘리는 대신

그 사람은 배로 뛰어올랐어요.

아내와 자식도 잊고 당신을 구해 줬지요.

발터 퓌르스트 수도 적고 무기도 없었는데

우리가 그때 무슨 수로 그를 구할 수 있었겠느냐!

헤트비히   (그의 가슴에 안기며)

오, 아버지! 아버지도 그를 잃어버렸어요!

이 나라, 우리 모두 그를 잃어버렸어요!

우리에겐 그가 없고, 아! 그에겐 우리가 없어요!

하느님, 그가 절망하지 않도록 도와주소서!

어떤 친구의 위로의 말도 성의 황량한 지하 감옥에는

닿지 못해요. 그가 병이라도 들면 어떻게 하죠?

늪지대의 공기를 마시는 알프스 들장미가 창백하게 시들 듯,

텔도 감옥의 축축한 암흑 속에서는 병들고 말 거예요.

햇볕을 쬐지 못하고 싱그러운 바람을 쐬지 못하면

그는 살 수가 없어요.

붙잡혀 있다고요! 그가! 자유가 그의 공기인데!

그는 지하 감옥의 공기 속에선 살 수 없는 사람이에요.

슈타우파허   진정하세요. 그의 감옥 문을 열기 위해

우리 모두 행동에 나서려 하고 있어요.

헤트비히   그 없이 당신들끼리 뭘 할 수 있겠어요?

텔이 아직 자유롭던 때, **그때는** 아직 희망이 있었죠.

무구한 사람에게는 아직 한 사람의 친구가 있었고,

박해받는 사람에게는 한 사람의 구원자가 있었어요.

텔은 당신들을 모두 구해 줬을 거예요.

그런데 당신들을 모두 합쳐도 **그의** 포박은 풀어 주지 못하는

군요!

(남작이 깨어난다.)

바움가르텐　쉿, 남작님이 움직이십니다!

아팅하우젠　(몸을 일으키며)

　그는 어디 있나?

슈타우파허　누구 말씀입니까?

아팅하우젠　그 애가 없구나.

　이 마지막 순간에 내 곁을 떠나 버리다니!

슈타우파허　도련님을 말씀하시는 거군요. 누가 그를 찾으러 갔습
니까?

발터 퓌르스트　사람을 보냈습니다. 안심하십시오!

　그는 마음을 되찾았습니다. 우리 편이 되셨어요.

아팅하우젠　조국을 위해 살겠다고 말했단 말인가?

슈타우파허　용맹한 영웅처럼 그렇게 말씀하셨습니다.

아팅하우젠　그런데 왜 내 마지막 축복을 받으러

　이리로 오지 않는 거지?

　내게 시간이 얼마 남지 않은 것 같은데.

슈타우파허　그렇지 않습니다, 남작님! 잠시 주무시고 나니

　원기가 되살아나신 것 같은데요. 눈빛도 밝으십니다.

아팅하우젠　통증이란 살아 있다는 증거지. 그런데 이젠 통증도 느
껴지지 않아.

　고통도 희망도 사라져 버렸어.

(소년을 발견하고)

　아 아이는 누군가?

발터 퓌르스트　이 아이를 축복해 주십시오, 남작님!

제 손자인데 아비를 잃어버렸습니다.

(헤트비히가 소년과 함께 남작 앞에 엎드린다.)

아팅하우젠　그래, 이렇게 자네들을 모두 아비 없이 버려두고 가는구나.

내가 마지막으로 본 것이

조국의 파멸이라니, 원통하구나!

이렇게 오래 생명을 부지한 것이

자네들에게서 모든 희망을 앗아 가기 위한 것이었다니!

슈타우파허　(발터 퓌르스트에게)

이분이 이렇게 암울한 근심 속에서 돌아가셔야 하겠소?

그의 마지막 순간을 희망의 찬란한 빛으로 밝혀 드릴 수는 없을까요?

고귀하신 남작님! 기운을 내십시오!

우리는 완전히 버림받은 것도, 구원받을 길이 없는 것도 아닙니다.

아팅하우젠　누가 자네들을 구한다는 말인가?

발터 퓌르스트　우리가 스스로 합니다. 들어 보십시오!

폭군들을 몰아내기로

세 주가 함께 맹세했습니다.

동맹을 맺었고, 성스러운 서약이

우리를 결속시켜 주고 있습니다.

새해가 시작되기 전에 행동을 개시할 겁니다.

남작님의 유해는 자유로운 땅에서 편히 쉬게 될 것입니다.

아팅하우젠 오, 말해 주게! 동맹을 맺었다고?

멜히탈 세 주가 같은 날에 봉기를 일으킬 것입니다.

이미 모든 준비를 갖추었고

수백 명이 이를 알고 있는데도

지금껏 비밀이 잘 지켜지고 있습니다.

폭군은 아무런 지지를 받지 못하고 있고,

그가 지배할 날도 얼마 남지 않았습니다.

오래지 않아 그가 지배한 흔적은 모두 사라져 버릴 것입니다.

아팅하우젠 하지만 주 내부의 견고한 성은?

멜히탈 모든 성이 같은 날에 정복될 것입니다.

아팅하우젠 귀족들도 이 동맹에 가담했는가?

슈타우파허 유사시에는 그들의 지원을 기대해 보겠지만,

우선은 평민들만 서약했습니다.

아팅하우젠 (매우 놀라며 몸을 천천히 일으킨다.)

평민들이 귀족의 지원 없이 자력으로

그렇게 행동하기를 결정했다면,

자신들의 힘을 그렇게 신뢰한다면,

그래, 그러면 우리 귀족들이 할 일은 없겠지.

우리는 안심하고 땅에 묻힐 수 있게 되었군.

우리가 사라진 뒤에도 삶은 계속될 걸세.

다른 세력이 자유를 지켜 낼 거야.

(그는 자기 앞에서 무릎을 꿇고 있는 소년의 머리 위에 손을 얹

는다.)

사과가 얹어졌던 이 머리로부터

자네들을 위한 새롭고 더 나은 자유가 싹틀 거야.

옛것은 무너지고, 시대는 변하고,

폐허로부터 새로운 삶이 꽃피는 거지.

슈타우파허 (발터 퓌르스트에게)

보시오, 남작님의 눈가에서 광채가 뿜어져 나옵니다!

이건 잦아드는 자연이 아니라

이미 새 삶이 발산하는 빛이군요.

아팅하우젠 귀족들이 오래된 성에서 내려와

도시에서 시민으로서의 서약을 하고 있어.

위히틀란트*와 **투르가우***에서는 벌써 시작되었지.

고결한 도시 **베른**은 지배적인 위력을 발휘하고 있고,

프라이부르크는 자유민의 안전한 성채라네.

약동하는 도시 **취리히**의 상공업자들은

무장 군대로 편성되고 있지.* 왕들의 권력은

이 도시들의 막강한 방벽에 부딪혀 무너지고 있어.

(그는 예언자처럼 다음 말을 잇는다. 그의 말은 차츰 고조되어 열
광적인 어조로 변한다.)

순박한 목부들의 민족과 싸우기 위해

군주와 귀족들이 갑옷을 입고

진격해 오는 것이 보이는구나.

목숨을 건 싸움이 시작되고,

여러 고개에서 장려한 피의 결전이 벌어지는구나.[*]

자발적으로 희생을 각오한 평민 한 사람이

벌거벗은 가슴으로 창의 숲 속으로 달려든다.

그가 숲을 열어젖히고, 귀족들의 피가 흐른다.

자유가 의기양양하게 깃발을 쳐드는구나.[*]

(발터 퓌르스트와 슈타우파허의 손을 붙잡으면서)

그러니 서로 굳게 손을 잡아라. 굳게, 영원히!

자유로운 주들은 모두 뭉쳐라!

산 위에 봉화지기들을 배치하라!

더 많은 주들이 신속하게 동맹에 가담하게 하라![*]

단결하라, 단결하라, 단결하라!

(그는 안락의자 속으로 쓰러진다. 죽은 그의 손은 여전히 다른 손들을 붙잡고 있다. 퓌르스트와 슈타우파허는 한동안 말없이 그를 쳐다보다가 뒤로 물러선다. 모두 슬픔에 휩싸여 있다. 그 사이에 하인들이 조용히 들어온다. 그들은 더 조용하면서도 더 격렬한 고통을 표현하면서 남작에게 다가간다. 몇 명은 그의 곁에서 무릎을 꿇고 그의 손을 잡고 운다. 이 침묵의 장면이 계속되는 동안 성의 종이 울린다.[*])

(루덴츠가 등장한다.)

루덴츠 (급하게 들어서면서)

살아 계십니까? 오, 말해 주시오! 아직 제 말을 들으실 수 있습니까?

발터 퓌르스트 (얼굴을 돌린 채 남작의 시신을 가리키며)

이제 당신이 우리의 새 영주이자 보호자이십니다.

이 성은 다른 이름을 갖게 되었습니다.

루덴츠 (시신을 보고 격렬한 고통에 휩싸여)

오, 자비로운 신이시여, 저의 참회가 너무 늦었습니까?

숙부님, 제가 마음을 바꾼 것을 보시기 위해

잠시라도 더 사실 수는 없었습니까?

아직 세상의 빛을 보셨을 동안

저는 이분의 충심 어린 목소리를 무시했습니다.

돌아가셨군요, 영원히 떠나셨군요!

속죄하지 못한 이런 무거운 죄를 제게 남겨 두시고!

오, 말해 보시오! 저를 질책하시면서 돌아가셨습니까?

슈타우파허 돌아가시면서 당신이 한 일을 들으셨습니다.

당신이 말할 때 보여 준 용기를 칭찬하셨어요!

루덴츠 (시신 곁에 무릎을 꿇는다.)

고결한 분의 성스러운 유해여!

영혼을 잃어버린 시신이여! 여기 당신의

차가운 손을 잡고 맹세합니다.

이방인과 맺은 모든 관계를 영원히 끊고,

나를 다시 내 민족에게 바칩니다.

나는 스위스 사람이며, 온 영혼을 바쳐

스위스 사람으로서 살아가고자 합니다.

(일어선다.)

우리 모두의 벗이며 아버지인 이분의 죽음을 애도합시다.

하지만 낙담하지는 맙시다!

내가 물려받은 것은 그의 유산만이 아닙니다.

그의 심장, 그의 정신이 내게 전해지고 있습니다.

그가 노령으로 인해 다하지 못한 일을

내 청춘이 마저 이룰 것입니다.

고귀한 아버지, 내게 손을 주십시오!

당신 손을 내게 주십시오! 멜히탈, 그대도!

망설이지 마시오! 오, 피하지 마시오!

내 맹세와 서약을 받아 주시오!

발터 퓌르스트　　그에게 손을 주시오.

돌아온 그의 마음을 믿어야 합니다.

멜히탈　지금까지 당신은 평민을 무시해 왔습니다.

말씀해 보십시오, 우리가 당신에게 무엇을 기대해야 하는지?

루덴츠　오, 젊은 탓에 저지른 실수를 잊어 주시오!

슈타우파허　(멜히탈에게)

단결하라! 저 아버지의 마지막 말을

생각하게!

멜히탈　여기 제 손이 있습니다!

남작님, 농부의 악수는 사나이의 약속이기도 합니다!

우리가 없다면 기사가 무엇이겠습니까?

우리 신분이 당신의 신분보다 더 오래되었습니다.

루덴츠　나는 농부들을 존경하오. 내 칼이 농부들을 지켜 줄 것이오.

멜히탈   남작님, 굳은 땅을 갈아엎고 그 속에 씨를 뿌리는

농부의 팔도 남자의 가슴을 지킬 수 있습니다.

루덴츠   당신들은 내 가슴을 지켜 주어야 하고,

나는 당신들의 가슴을 지켜 줄 것입니다.

그렇게 힘을 모으면 우리는 강해질 것이오.

하지만 조국이 이방인의 폭정에 약탈되고 있는데,

말이 무슨 소용입니까?

우선 이 땅에서 적을 모조리 몰아내고

평화를 되찾은 연후에 못 다한 말을 나누도록 합시다.

(잠시 말을 멈춘 뒤)

왜 말이 없으시오? 내게 할 말이 없단 말입니까? 그렇습니까?

아직 나를 믿어 줄 수 없다는 겁니까?

그렇다면 당신들의 뜻에는 거슬리겠지만,

당신들이 맺은 비밀의 동맹을 거론할 수밖에 없군요.

당신들은 민회를 개최하여 뤼틀리에서 서약을 했지요.

거기서 당신들이 협의한 내용을 나는 모두 알고 있소.

그러나 당신들이 내게 따로 알려 주지 않은 것은

신성한 담보물처럼 마음속에 묻어 두었어요.

나는 내 조국을 적대한 적이 없소, 믿어 주시오.

결코 나는 당신들과 맞서는 행동을 하지 않았을 것이오.

하지만 거사를 뒤로 미룬 것은 잘못한 일이오.

시간이 촉박하오. 속히 행동에 나서야 하오.

당신들이 미적거린 탓에 이미 텔이 희생되지 않았소.

슈타우파허　우리는 성탄절 축제 때까지 기다리기로 협의했습니다.

루덴츠　나는 거기 없었어요. 함께 맹세하지 않았지요.

　당신들은 기다리시오. 나는 행동하겠소.

멜히탈　뭐라고요? 행동을……

루덴츠　이제 나도 이 땅의 영주 가운데 한 사람이오.

　내가 해야 할 첫 번째 임무는 여러분을 지키는 것이오.

발터 퓌르스트　이 소중한 유해를 다시 땅에 돌려주는 것이

　당신이 해야 할 가장 급하고 신성한 의무입니다.

루덴츠　이 땅을 해방시키고 나면 그의 관 위에

　승리의 싱싱한 꽃다발을 얹어 드립시다.

　오, 벗들이여! 나는 당신들의 일 말고도

　나 자신의 일 때문에라도 폭군과 결투해야만 합니다.

　잘 들으시오! 나의 베르타가 사라져 버렸소!

　그들이 야비하고 뻔뻔스럽게 우리 한가운데로부터

　그녀를 몰래 빼돌린 겁니다!

슈타우파허　폭군은 자유로운 귀족에게도

　그런 폭행을 저지를 수 있는 겁니까?

루덴츠　오, 벗들이여! 당신들을 돕겠다고 약속했지만,

　우선 내가 먼저 당신들에게 도움을 간청해야 하겠소.

　내게서 애인을 빼앗아 도둑질해 간 폭군이

　그녀를 도대체 어디로 데리고 갔는지,

　그녀에게 가증스런 언약을 강요하기 위해

　어떤 범죄와 폭력을 감행할지 누가 알겠소!

나를 버리지 마시오. 그녀를 구하도록 도와주시오.

그녀는 당신들을 사랑합니다. 그녀가 조국을 위해 행한 일을 생각하면

우리 모두 그녀를 위해 무기를 들어야 합니다.

발터 퓌르스트   어떻게 하실 생각입니까?

루덴츠   난들 알겠소? 아!

그녀의 운명을 감추어 놓고 있는 이 암흑 속에서,

아무것도 확실하지 않은

이 끔찍한 불안의 공포 속에서

내게 분명한 것은 단 한 가지뿐이오.

그녀를 구해 낼 수 있는 유일한 방법은

폭군의 권력을 분쇄하는 것입니다.

그녀가 갇혀 있는 감옥으로 쳐들어가기 위해서는

모든 요새를 정복해야만 합니다.

멜히탈   자, 우리를 지휘하십시오. 당신을 따르겠습니다.

오늘 할 수 있는 일을 내일까지 미룰 이유가 있습니까?

우리가 뤼틀리에서 맹세를 할 때만 해도

텔은 자유로웠고, 끔찍한 일이 일어나기 전이었습니다.

하지만 상황이 바뀌면 법도 바뀌는 법,

지금도 여전히 망설이는 비겁한 자가 있겠습니까!

루덴츠   (슈타우파허와 발터 퓌르스트에게)

우선 무장하고 거사를 위한 채비를 갖춘 뒤

산에서 봉화가 타오르기를 기다리시오.

우리가 승리했다는 소식이 전령을 태운 돛단배보다 더 빨리

여러분에게 전해지도록 하겠소.

고대하던 불꽃이 피어오르면

전광석화처럼 재빨리 적을 덮쳐

폭정의 요새를 무너뜨리시오.

(퇴장한다.)

3장

퀴스나흐트 근처의 홀레 가세.* 뒤쪽의 바위들 사이로 내려오는 길이 있으며, 나그네들은 무대에 등장하기 전에 이미 위쪽에서부터 모습을 드러낸다. 바위들이 무대 전체를 에워싸고 있으며, 맨 앞에는 관목으로 뒤덮인 바위 하나가 돌출되어 있다.

텔　(석궁을 들고 등장.)

그는 틀림없이 홀레 가세로 올 것이다.

퀴스나흐트로 가는 다른 길은 없으니.

여기서 해치우자. 기회가 좋다.

저기 딱총나무들 사이에 숨어 있다가

그를 향해 화살을 내려 쏠 수 있다.

길이 좁아 추적자들이 쉽게 쫓아올 수도 없지.

태수, 이제 하늘에 진 빚을 갚을 때다.

너는 없어져야 한다. 네 명은 끝났다.

지금껏 나는 조용하고 평범하게 살아왔다.

내 화살은 오로지 숲의 짐승들만 조준했지.

살인을 생각해 본 적은 결코 없었다.

네가 평화롭게 살던 나를 뒤흔들어 깨웠다.

순박한 생각만 하며 살아온 내 마음을

용의 독으로 끓어오르게 했다.*

네가 나를 끔찍한 짓에 익숙해지게 한 거다.

자식의 머리를 겨냥해 본 사람은

적의 심장도 뚫을 수 있지.

태수, 나는 천진한 아이들과 충실한 아내를

너의 횡포로부터 보호해야 한다.

내가 활시위를 당겼을 때,

내 손이 떨리고 있었을 때,

네가 잔인한 악마의 재미를 느끼며

내 자식의 머리를 겨냥하도록 강요했을 때,

내가 너에게 무력하게 빌며 간청했을 때,

그때 나는 오직 하느님만이 들으시도록

마음속으로 무섭게 맹세했다.

내 **다음 화살**의 **첫 번째** 과녁이

네 심장이 될 것이라고 말이다.

내가 그 지옥 같은 고통의 순간에 맹세한 것은

신성한 책무이니, 이제 그 일을 수행하겠다.

너는 내 통치자이고 내 황제의 태수지만,

네가 한 짓은 황제도 허용하지 않았을 것이다.

황제가 너를 여기로 보낸 것은

법에 따라 판결하라는 뜻이었다. 황제가 노하지 않도록 엄격

하게.

그러나 잔학한 욕망을 채우기 위해

어떤 극악한 짓을 해도 벌 받지 않는다는 뜻은 아니었다.

벌하고 복수하는 신이 살아 계신다.

쓰라린 고통을 불러오는 화살이여, 나와라.

내 소중한 보배, 지금 내게 가장 중요한 보물이여,

네게 표적을 하나 주마. 지금까지는

아무리 간청해도 허락해 주지 않던 표적이다.

하지만 네게는 허용해 주마.

그리고 너, 흥겨운 경기에서

늘 내게 충성을 바쳐 온 익숙한 시위여,

엄중한 순간에 나를 배신하지 말거라.

매서운 화살에 그토록 자주 날개를 달아 준

충직한 줄이여, 이번만은 꼭 버텨 다오.

지금 화살이 힘없이 내 손을 빠져나가면

다시 한번 쏠 기회는 없다.

(나그네들이 무대를 지나간다.)

　나그네들이 잠시 쉴 수 있게 해 주는
　이 돌 벤치에 앉아야겠다.
　여기는 고향이 아니구나.
　사람들은 본체만체 급하게 서로 지나치고,
　다른 사람의 고통에 대해 알려고 하지 않는다.
　근심 가득한 상인, 간편한 여행복 차림의 순례자,
　독실한 승려, 음산한 도둑,
　유쾌한 악사, 무거운 짐을 짊어진 말을 끄는 마부,
　먼 곳에서 온 사람들이 지나다니는구나.
　모든 길은 세상 끝까지 이어져 있으니.
　저들 모두 제각기 할 일을 하느라 길을 걸어간다.
　그런데 내가 할 일이란 살인이구나!
(앉는다.)

　사랑하는 아이들아, 평소에 아버지가 집을 떠나면
　너희는 기뻐했지. 내가 빈손으로 귀가한 적이
　없었으니 말이다. 알프스의 예쁜 꽃이든,
　진귀한 새나 암모나이트 화석이든,
　나그네가 산 위에서 찾아낼 수 있는 것이면 뭐든 갖다 주었지.
　하지만 오늘은 아버지가 다른 사냥감을 쫓고 있구나.
　살인을 할 작정으로 이 거친 길에 앉아 있다.

내가 노리는 건 적의 목숨이란다.

그래도 나는 오로지 너희 생각뿐이야, 사랑하는 아이들아.

너희를 지키기 위해, 폭군의 복수로부터

너희의 애틋한 순박함을 보호하기 위해

시위를 당겨 적을 쏘려고 하는 것이다!

(일어선다.)

내가 노리는 것은 지체 높은 야수다.

사냥꾼은 볼품없는 영양 한 마리를 포획하기 위해

혹독한 추위 속에서도 여러 날을 돌아다니며

바위에서 바위로 살벌한 도약을 감행하고,

미끄러운 암벽을 타고 오르다 위험에 빠지면

자신의 피로 바위에 칠을 하기도 한다.*

하지만 지금은 값진 상이 나를 기다리고 있다.

나를 망치려고 하는 철천지원수의 심장이 그것이다.

(경쾌한 음악 소리가 멀리서부터 점점 가까이 다가온다.)

평생 동안 나는 활을 다루어 왔다.

사수의 규칙에 따라 연습했고,

여러 경기에서 목표를 정확히 명중해

멋진 상을 받은 적도 허다하다.

하지만 오늘이야말로 **최고의 사격**에 성공하여

이 온 산맥 전체에서 탈 수 있는

최고의 상을 타야 할 때다.

(결혼 행렬이 무대를 거쳐 협곡 사이의 길을 올라간다. 텔은 활에 몸을 기댄 채 이들을 바라본다. 경지 감시인 슈튀시가 텔에게 말을 건다.)

슈튀시 이 결혼 행렬을 이끌고 있는 사람은

뫼를리샤헨* 수도원의 영지 관리인입니다.

부자지요. 알프스에서 열 무리의 소 떼를 거느리고 있어요.

지금 신부를 데리러 임멘제로 가는 중인데,

오늘 밤에는 퀴스나흐트에서 큰 잔치를 벌일 겁니다.

같이 갑시다! 건실한 사람이라면 누구든 오라고 했으니까요.

텔 심각한 손님은 결혼 잔치에 어울리지 않아요.

슈튀시 걱정으로 마음이 무거우면 시원스럽게 떨쳐 버리시오.

시절이 고달프니 놀 기회도 드문데 이런 때 놀아야지요.

즐거운 자리가 있으면 얼른 가는 겁니다.

여기서 잔치가 벌어지는 동안에도 다른 데서는 사람을 묻고 있을 거요.

텔 두 일이 연달아 닥치는 경우도 드물지 않죠.

슈튀시 세상이 원래 그런 겁니다.

불행은 어디에나 있지요.

글라르너 란트*에서는 산사태가 일어나

글래르니쉬 산의 한쪽이 완전히 무너졌다더군요.

텔 이제는 산마저도 흔들린답니까?

이 땅 위에 튼튼한 거라곤 아무것도 없군요.

슈튀시 다른 데서도 이상한 일이 생기고 있답니다.

바덴*에서 온 사람이 이런 말을 하더군요.

어떤 기사가 왕을 알현하려고 말을 타고 가는데,

호박벌 떼가 말에게 달려들었답니다.

말은 고통을 못 이겨 쓰러져 죽고,

기사는 걸어서 왕에게 갔다더군요.

텔 약자에게도 독침은 남아 있습니다.

(아름가르트가 몇 명의 아이들을 데리고 다가와 길 어귀에 선다.)

슈튀시 이런 일은 이 땅에 엄청난 불행이,

자연에 역행하는 중대한 짓이 자행될 징조라더군요.

텔 날마다 그런 짓이 저질러지고 있소.

기적 같은 징조가 없어도 이미 누구나 아는 일이오.

슈튀시 맞습니다. 평온하게 농사를 짓고

고통 없이 가족과 집에 머무를 수 있는 사람이 부럽습니다.

텔 아무리 착한 사람이라도

사악한 이웃이 괴롭히면 평화를 잃고 맙니다.

(텔은 자주 길의 위쪽을 불안한 기색으로 쳐다본다.)

슈튀시 그럼 이만…… 아, 그런데 누굴 기다리시오?

텔 그렇소.

슈튀시 즐거이 귀가하시기를 빕니다!

우리 주에서 오셨소?

태수님께서 오늘 저 길로 오신다더군요.

나그네 (다가온다.)

태수님은 오늘 못 오실 겁니다.

154

큰 비로 물이 범람하고

강물은 다리를 모두 부숴 버렸습니다.

텔　(일어선다.)

아름가르트　(앞으로 나온다.)

태수님이 못 오신다니!

슈튀시　그에게 부탁할 일이라도 있습니까?

아름가르트　네, 물론이지요!

슈튀시　그래도 하필 여기 홀레 가세에서

그의 길을 막아서려고 하는 건 왜입니까?

아름가르트　여기서는 그가 저를 피할 수 없으니까요. 내 말을 들을 수밖에 없어요.

프리스하르트　(급하게 언덕길을 내려와 사람들에게 소리친다.)

길을 비키시오! 태수 나리를 태운 말이

금방 이리로 올 겁니다.

(텔은 사라진다.)

아름가르트　(생기를 되찾은 목소리로)

태수님이 오신다!

(그녀는 아이들을 데리고 무대 앞쪽으로 간다. 게슬러와 루돌프 데어 하라스가 말을 타고 언덕길 위쪽에 나타난다.)

슈튀시　(프리스하르트에게)

강이 다리를 휩쓸고 가 버렸는데,

어떻게 물을 건너왔소?

프리스하르트　호수와 싸웠지요.

어떤 알프스의 물도 우리를 떨게 할 수는 없소.

슈튀시 엄청난 폭풍 속에서 배를 타고 왔단 말이오?

프리스하르트 그렇소. 평생 잊지 못할 것이오.

슈튀시 오, 가지 마시오! 이야기를 듣고 싶소.

프리스하르트 안 되오. 어서 가야 하오.

성에 가서 태수님의 도착을 알려야 하오.

(퇴장한다.)

슈튀시 착한 사람들이 배에 타고 있었더라면

몽땅 물에 빠져 죽고 말았을 텐데.

물도 불도 민중의 편은 아니구나.

(주위를 둘러본다.)

나하고 이야기하던 사냥꾼은 어디로 갔지?

(퇴장한다.)

(게슬러와 루돌프 데어 하라스가 말을 타고 등장한다.)

게슬러 자네 생각을 말해 보게. 나는 황제의 신하이니

어떻게 황제 폐하의 마음에 들지 따져 봐야 한단 말이야.

폐하께서 나를 이리로 보내신 것은

민중에게 아첨하고 그들을 부드럽게 대하라는 뜻이 아니야.

폐하께서 원하시는 것은 복종이지. 지금 문제는

이 땅의 주인이 농부냐 황제냐 하는 것이거든.

아름가르트 지금이야! 지금 말을 해야 해!

(겁먹은 듯이 다가간다.)

게슬러 내가 장난이나 치자고 알토르프에 모자를 걸어 놓은 게

아닐세.

　민심을 떠보자는 것도 아니고.

　민심이야 이미 오래전부터 알고 있으니.

　그들이 꼿꼿하게 처들고 돌아다니는 목을

　내 앞에서 숙이는 법을 배우라고 그렇게 한 거지.

　그들이 지나가지 않을 수 없는 길목에

　그 **거북한 물건**을 세워 놓았으니

　눈길이 거기 닿을 수밖에 없고,

　잊고 지내던 주인을 떠올리게 되는 것이야.

루돌프 데어 하라스　하지만 민중에게도 일정한 권리가…….

게슬러　지금은 그런 것을 따질 때가 아니야!

　원대한 사업이 진척되고 있네.

　황실은 확장을 원해. 아버지가 명예롭게 시작한 일을

　아들이 완수하려고 하는 마당이야.*

　그런데 이 조그만 민족이 걸림돌이 되고 있으니

　어떤 식으로든 **굴복시켜야** 해.

(그들이 지나치려고 할 때 여자가 태수 앞에 엎드린다.)

아름가르트　인정 많으신 태수님! 자비를! 자비를!

게슬러　대로에서 감히 나를 가로막다니!

　물러서라!

아름가르트　제 남편이 감옥에 갇혀 있습니다.

　불쌍한 아이들은 밥을 달라고 웁니다.

　지엄하신 나리, 저희의 커다란 불행을 불쌍히 여겨 주세요.

루돌프 데어 하라스　그대는 누구요? 남편이 누구지요?

아름가르트　리기 산에 사는 가난한 채집농꾼*입니다, 나리.

　가축들도 겁을 내어 올라가지 못하는

　가파른 암벽의 낭떠러지에 매달려

　멋대로 자란 풀을 베어 먹여야 했던 남편입니다.

루돌프 데어 하라스　(태수에게)

　저런, 비참하고 가엾은 인생이군요!

　태수님, 그를 풀어 주시기를 간청합니다.

　그의 잘못이 얼마나 큰지는 모르겠지만,

　평소에 하는 끔찍한 일만으로도 이미 큰 벌을 받은 셈입니다.

(여자에게)

　정의가 집행될 겁니다. 성 안으로 와서 다시 청하시오.

　여기는 그럴 장소가 아니니.

아름가르트　안 돼요, 안 돼요, 태수님께서 제 남편을 돌려주실 때까지

　이 자리에서 물러나지 않겠습니다!

　그이는 벌써 여섯 달 동안이나 탑의 지하실*에 갇혀

　판결을 기다려 왔지만 허사였어요.

게슬러　이년, 내게 폭력을 쓰겠다는 거냐? 비켜라!

아름가르트　태수님, 정의를! 태수님은 황제 폐하와 하느님을 대신하여

　이 땅에서 판결을 내리시는 분입니다.

　의무를 이행하십시오! 하늘이 당신을 정의롭게 다루기를 바라

듯이

　태수님도 우리를 정의롭게 다루셔야 합니다.

게슬러　쫓아내라! 이 뻔뻔스런 것을 치워 버려라!

아름가르트　(말고삐를 잡는다.)

　안 돼, 안 된다고! 내겐 더 이상 잃을 게 없다.

　태수, 내게 정당한 판결을 내리기 전에는

　여기서 꼼짝도 못 한다!

　이맛살을 찌푸리고 눈을 굴려봐야 소용없다.

　우리는 너무 불행해서

　당신의 기분 따위엔 관심이 없다!

게슬러　이년, 비켜라!

　내 말이 너를 밟고 지나가기 전에.

아름가르트　그래, 나를 밟고 지나가라, 자!

(그녀는 아이들을 바닥에 쓰러뜨리고, 자신도 함께 엎드려 길을 막는다.)

　여기 내 아이들과 누워 있다.

　그 말발굽으로 이 불쌍한 아이들을 짓밟아 봐.

　너는 이보다 더한 짓도 했으니.

루돌프 데어 하라스　이봐, 당신 미쳤소?

아름가르트　(격하게 말을 잇는다.)

　너는 이미 오래전부터

　황제의 땅을 짓밟지 않았느냐!

　오, 나는 한낱 여자일 뿐이구나! 내가 남자였다면

이렇게 먼지 속에 누워 있는 것보다는

더 나은 일을 할 수 있었을 텐데.

(길 위쪽에서 다시 이전의 음악 소리가 들려온다. 다만 소리는 좀 약하다.)

게슬러　병사들이 어디 있나?

이년을 끌어내지 않으면 내가 화를 참지 못해

후회할 짓을 하게 될 것 같구나.

루돌프 데어 하라스　병사들이 이리로 오지 못하고 있습니다, 나리.

결혼 행렬 때문에 길이 막혔습니다.

게슬러　아직도 나는 이 민족을 너무 관대하게 다뤄 왔구나.

여전히 마음대로 헛바닥을 놀리고,

제대로 통제되지 않고 있다.

하지만 맹세하건대 이젠 달라질 것이다.

이 고집스런 태도를 꺾고,

오만한 자유의 정신을 굴복시키고 말겠다.

이 땅에 새 법을 도입해야겠다.

나는…….

(화살 하나가 그의 몸을 관통한다. 그는 손으로 가슴을 움켜쥐고 쓰러지려고 한다. 힘 빠진 목소리로)

하느님, 자비를!

루돌프 데어 하라스　태수님! 이게 뭐지? 어디서 날아온 거야?

아름가르트　(격렬하게)

살인이다! 살인이다! 비틀거리네, 쓰러지네! 맞았구나!

화살이 심장 한가운데를 뚫었어!

루돌프 데어 하라스 (말에서 뛰어내리며)

이런 무참한 일이! 맙소사, 기사님!

하느님의 자비를 구하십시오,

죽음이 닥쳤습니다!

게슬러 텔의 화살이다.

(루돌프 데어 하라스가 그를 안아 말에서 끌어내린 뒤 벤치에 눕힌다.)

텔 (암벽 위에서 모습을 드러낸다.)

너는 사수가 누군지 알고 있으니 다른 사람을 찾을 거 없다!

이제 오두막에 자유가 돌아오고, 무고한 사람들은 안전을 되찾았다.

너는 이 땅을 더는 해치지 못할 것이다.

(위에서 사라진다. 사람들이 몰려온다.)

슈튀시 (맨 앞에서)

무슨 일입니까? 무슨 일이 일어난 겁니까?

아름가르트 태수가 화살에 맞았어요.

군중 (몰려오면서)

누가 맞았다고?

(맨 앞 사람들이 무대로 들어오는 동안에도 결혼 행렬의 뒤쪽은 여전히 언덕길 위쪽까지 이어져 있다. 음악은 계속된다.)

루돌프 데어 하라스 출혈이 너무 심하다.

움직여! 도와줄 사람을 찾아보라! 살인자를 뒤쫓아라!

영락한 자여, 이렇게 최후를 맞는구나.

내 경고를 그렇게 무시하다니!

슈튀시 맙소사! 창백하게 뻗어 버렸구나!

여러 목소리 누가 한 거지?

루돌프 데어 하라스 사람이 죽었는데 풍악을 울리다니,

다들 미친 거요? 음악을 멈추시오.

(갑자기 음악이 멎는다. 사람들이 더 몰려든다.)

태수님, 말하실 수 있으면 하십시오.

제게 은밀히 하실 말씀이 없습니까?

(게슬러가 손짓을 한다. 루돌프 데어 하라스가 얼른 이해를 하지
못하자 급하게 손짓을 반복한다.)

어디로 가야 한다고요?

퀴스나흐트로? 무슨 말씀인지 모르겠습니다.

오, 진정하십시오. 이제 이승의 일은 모두 잊고,

하늘에 용서를 빌 생각만 하십시오.

(결혼 행렬에 참가한 사람들 모두 냉담한 전율을 느끼면서 게슬
러를 둘러싸고 있다.)

슈튀시 보시오, 점점 창백해지는군요. 이제 죽음이

그의 심장에 도착했습니다. 눈빛이 탁해집니다.

아름가르트 (한 아이를 들어올린다.)

봐라, 폭군의 말로가 어떤지를!

루돌프 데어 하라스 미친 여편네, 당신은 인정도 없소?

이 끔찍한 모습을 보면서 즐거워하다니.

도와주시오, 거드시오!

고통의 화살을 이 가슴에서 빼내도록 도와줄 사람이 없소?

여자들 (뒤로 물러선다.)

하느님의 벌을 받은 사람의 몸에는 손댈 수 없어요!

루돌프 데어 하라스 저주와 천벌을 받을 것들!

(칼을 뽑는다.)

슈튀시 (그의 팔을 붙잡는다.)

그만두시오! 당신들의 통치는 끝났소.

나라의 폭군이 죽었어요.

이제는 어떤 폭력도 허용하지 않을 것이오.

우리는 자유를 되찾았소.

모두 (떠들썩하게)

이 땅은 자유다!

루돌프 데어 하라스 이 지경에 이르렀단 말인가?

두려움도 복종심도 이렇게 순식간에 사라져 버리는가?

(들이닥치는 병졸들을 향해)

보아라, 여기서 소름끼치는 살인이 벌어졌다.

도움도 헛일이고,

살인자를 추적하는 것도 허사다.

우리가 할 일은 따로 있다. 가자, 퀴스나흐트로!

황제의 요새를 지키기 위해!

지금은 질서와 의무의 모든 구속이

사라져 버렸고, 누구의 충성심도

믿을 수 없게 되었다.

(그가 병졸들과 함께 퇴장하는 것과 동시에 여섯 명의 수발 수도사들이 등장한다.)

아름가르트   비켜요, 비켜요! 수도사님들이 오셨어요.

슈튀시   희생자가 누워 있으니 까마귀가 내려앉는구나.*

수발 수도사들   (반원 대열로 죽은 자를 둘러싸고 저음으로 노래한다.)

　순식간에 사람에게 다가오는 죽음은

　여유를 주지 않는다.

　길 한가운데에서 사람을 쓰러뜨리고,

　한창 시절에 잡아가 버린다.

　갈 준비가 되었건 말건

　사람은 재판관 앞에 서야 한다!

(마지막 행이 반복되는 동안 막이 내린다.)

5막

1장

알토르프의 광장. 배경의 오른쪽에 츠빙 우리 요새가 1막 3장에서처럼 비계들로 둘러싸인 채 서 있다. 왼쪽으로는 겹겹이 솟아오른 산이 보이는데, 산꼭대기마다 봉화가 타오르고 있다. 이제 막 동트는 시간. 여러 방향의 먼 곳으로부터 종소리가 들려온다. 루오디, 쿠오니, 베르니, 석수 장인, 그 밖의 여자들과 아이들을 포함한 여러 사람들이 등장한다.

루오디   산 위의 저 봉화가 보입니까?

석수 장인   저 숲 위로 종소리도 들려오지 않소?

루오디   적을 쫓아낸 것입니다.

석수 장인   성들을 정복했군요.*

루오디   그런데 이곳 우리 주에서는

폭군의 궁전이 아직도 서 있군요?

자유를 찾는 데 우리가 맨 꼴찌란 말입니까?

석수 장인 우리를 짓누르려고 세워 놓은 요새를 가만 놔두어야 하겠어요?

자, 가서 부숴 버립시다!

모두 부수자! 부수자! 부수자!

루오디 우리 주의 쇠뿔이 어디 있소?

우리 주의 쇠뿔 여기 있어요. 할 일이 뭡니까?

루오디 산 위의 초소로 가서 나팔을 부시오.

소리가 멀리 산 곳곳으로 울려 퍼져서

암벽 사이의 협곡에까지 메아리가 파고들면

산사람들이 신속하게 모여들 것이오.

(우리 주의 쇠뿔, 퇴장한다. 발터 퓌르스트가 온다.)

발터 퓌르스트 잠깐, 여러분! 잠깐만!

운터발덴과 슈비츠에서 아직

기별이 오지 않았소.

일단 소식을 기다립시다.

루오디 더 이상 뭘 기다립니까?

폭군은 죽었고 자유의 날이 밝았는데요.

석수 장인 사방의 산꼭대기에서 활활 타오르는

저 봉화의 기별로 충분하지 않습니까?

루오디 모이시오. 모여요! 남녀 막론하고 모두 갑시다!

비계를 부수고 아치를 깨뜨립시다!

성벽을 뚫읍시다. 산산조각을 내어 놓읍시다!

석수 장인   직인들, 가세! 우리가 세워 놓은 것이니

부수는 방법도 우리가 알지.

모두   갑시다! 무너뜨립시다.

(일동 사방에서 요새로 달려간다.)

발터 퓌르스트   일이 터졌구나. 이제는 막을 수가 없어.

(멜히탈과 바움가르텐이 등장.)

멜히탈   아니, 자르넨 성은 잿더미가 되었고 로스베르크 성은

무너졌는데, 저 성은 그대로 있잖아요?

발터 퓌르스트   멜히탈인가? 자유를 가지고 오는 길인가?

말해 보게! 적들을 모조리 쫓아냈는가?

멜히탈   (그를 포옹한다.)

그렇습니다. 어르신, 기뻐하십시오!

지금 이 순간, 스위스 땅에는

한 놈의 폭군도 없습니다.

발터 퓌르스트   오, 말해 보게! 어떻게 성들을 정복했나?

멜히탈   남자다운 대담한 행동으로

자르넨 성을 정복한 것은 루덴츠였고,

로스베르크 성에는 제가 전날 밤에 미리 올라갔지요.

그런데 무슨 일이 있었는지 들어 보십시오.

우리는 성에서 적을 몰아내고 기뻐하면서 불을 질렀지요.

불길이 우지직거리며 하늘로 치솟고 있을 때,

게슬러의 시동(侍童) 디트헬름이 뛰어나오더니

브루넥 아가씨가 화염에 휩싸였다고 외치더군요.

발터 퓌르스트   저런!

(비계의 각목이 무너져 내리는 소리가 들린다.)

멜히탈   태수의 명령에 따라 그곳에 비밀리에 갇혀 있던

바로 그 여자였습니다.

루덴츠가 미친 듯 뛰어가더군요.

벌써 각목과 단단한 기둥이 우지끈거리며 무너져 내리고,

그 불쌍한 여자가 연기 속에서 지르는 비명 소리가

들려오고 있었으니까요.

발터 퓌르스트   그녀는 구조되었나?

멜히탈   재빠르고 단호한 행동만이 필요한 순간이었습니다.

루덴츠가 단지 한 명의 귀족일 뿐이었다면

우리가 목숨을 걸지는 않았겠지만,

그는 우리와 맹세를 같이한 사람이고

베르타는 민중을 존경할 줄 아는 사람입니다.

그래서 우리는 망설임 없이 죽을 각오로 불속으로 뛰어들었지요.

발터 퓌르스트   그래서 그녀를 구했는가?

멜히탈   예, 루덴츠와 제가 힘을 합쳐

그녀를 불길에서 끌어내자마자

뒤에서 천장이 굉음을 내며 무너져 내렸습니다.

그녀는 자기가 살아난 것을 알게 되자

곧장 하늘을 쳐다보더군요.

그 순간, 남작이 제 가슴으로 쓰러졌습니다.

이렇게 말없는 동맹이 맺어졌지요.

화염의 열기로 굳게 단련된 이 동맹은

어떤 운명의 시련에도 흔들리지 않을 겁니다.

발터 퓌르스트   란덴베르거는 어디 있는가?

멜히탈   브뤼니히 고개를 넘어갔습니다.

아버님의 눈을 멀게 한 그놈이

눈을 보전할 수 있게 한 건 저의 결정이 아니었습니다.

저는 도망치는 그를 뒤쫓아 가서 붙잡아

아버님의 발 앞에 내동댕이쳤지요.

그의 머리 위로 칼을 치켜드는데

눈 먼 아버님이 애원하는 그를 측은히 여겨

살려 주라고 하셨습니다.

그는 절대로 다시 돌아와 복수하는 일이

없을 거라고 **맹세했고**, 그 맹세를 지킬 겁니다.

우리 팔뚝의 힘을 느꼈으니까요.

발터 퓌르스트   순결한 승리를 피로 더럽히지 않은 건

실로 잘한 일이네!

아이들   (무너진 건물의 파편을 들고 무대를 지나간다.)

자유다! 자유야!

(우리 주의 나팔 소리가 우렁차게 울려 퍼진다.)

발터 퓌르스트   보시오, 이 얼마나 멋진 축제인가!

저 아이들은 죽는 날까지 오늘을 잊지 않을 거요.

(소녀들이 장대에 걸린 모자를 들고 오고, 무대 전체가 사람들로

꽉 찬다.)

루오디   우리가 고개를 숙여야 했던 그 모자가 여기 있소.

바움가르텐   이것을 어떻게 처리해야 할지 말해 보십시오.

발터 퓌르스트   이것이구나! 이 모자 밑에 내 손자가 서 있었구나!

여러 사람들   폭정의 기념물을 없애시오!

　불속에 던져 버리시오!

발터 퓌르스트   안 되오, 보존해 둡시다!

　폭정의 도구이던 이 물건을

　자유의 영원한 상징으로 삼읍시다.

(무너진 비계의 각재 위에 앉거나 서 있는 농부들, 남자들, 여자들, 아이들 등이 커다란 반원형으로 그림처럼 삼삼오오 그룹을 짓고 있다.)

멜히탈   우리는 이렇게 폭정의 폐허를 딛고

　기쁘게 서 있게 되었습니다. 뤼틀리에서 한

　우리의 맹세가 멋지게 실현된 겁니다, 동지들.

발터 퓌르스트   일이 끝난 게 아니라 이제 시작이네.

　용기와 확고한 단결이 필요한 때야.

　왕은 태수가 죽은 일을

　결코 용서하지 않을 것이고, 무력을 써서

　우리가 쫓아낸 자들을 되돌아오게 할 것이네.

멜히탈   그는 군대를 끌고 오겠지요.

　이 땅에서는 적을 몰아냈으니

　밖에서 오는 적만 막아 내면 됩니다.

루오디   이리로 진격할 수 있는 길은 몇 개의 고갯길뿐입니다.

　몸으로라도 그 길을 막아 냅시다.

바움가르텐   우리는 영원한 맹약으로 뭉쳤으니

　왕의 군대를 무서워할 이유가 없소!

(뢰셀만과 슈타우파허가 온다.)

뢰셀만   (다가오면서)

　하늘의 무서운 심판이 내려졌구나.

사람들   무슨 일입니까?

뢰셀만   참으로 흉흉한 시절이구나!

발터 퓌르스트   말해 보시오, 무슨 일이오? 아, 베르너 목사님이시 군요?

　무슨 소식입니까?

사람들   무슨 일입니까?

뢰셀만   다들 놀라실 겁니다!

슈타우파허   큰 근심거리가 사라졌습니다.

뢰셀만   황제가 살해되었소.*

발터 퓌르스트   저런!

(사람들이 모두 일어나 슈타우파허에게로 몰려든다.)

모두   살해라고! 황제가! 들어 보자! 황제가!

멜히탈   그럴 리가 없어요! 어디서 이 소식을 들으신 겁니까?

슈타우파허   확실한 소식이네. 브룩*에서 알브레히트 왕이

　살인자의 손에 살해되었어. 믿을 만한 사람인

　요한네스 뮐러*가 샤프하우젠에서 들었다고 하더군.

발터 퓌르스트　누가 그런 끔찍한 짓을 했답니까?

슈타우파허　범인 때문에 일이 더 끔찍해졌어요.

　왕의 조카, 그러니까 그의 동생의 아들인

　요한 폰 슈바벤 공작이 그를 죽였답니다.

멜히탈　무엇 때문에 큰아버지를 죽인 거죠?

슈타우파허　그가 조바심치면서 졸랐지만 황제는

　그의 아버지가 남긴 유산을 넘겨 주지 않았다고 하더군.

　그에게 주교 자리 하나만 내어 주고

　나머지 유산을 황제 자신이 몽땅 차지하려고 했다는 거야.

　어찌되었건 젊은 공작은

　친구들의 못된 꾐에 넘어가

　에셴바흐, 테거펠덴, 바르트, 팔름 등지의

　귀족들과 합세했네.

　황제가 권리를 인정해 주지 않으니

　직접 나서서 복수를 하겠다고 결심한 거지.

발터 퓌르스트　오, 말해 보시오. 어떻게 그 끔찍한 짓을 저지른 겁
니까?

슈타우파허　왕이 한스 공과 레오폴트 공,[*]

　그리고 여러 명의 고위 귀족들과 함께

　바덴의 슈타인 성에서 출발하여

　농장이 있는 라인펠트 쪽으로 말을 타고 가고 있었답니다.

　그들이 로이스 강에 도착하여

　강을 건너기 위해 배에 막 오른 참이었는데,

살인자들이 배로 몰려들어와

황제를 일행들과 떼어 놓았답니다.

그러자 황제는 농지 쪽으로 말을 몰았어요.

그 아래쪽에는 이교도 시대부터 세워진

오래된 대도시*가 있다는데,

황제 가문의 주권이 유래된

합스부르크 왕가의 그 옛 요새로 피하려고 한 거지요.

그를 뒤쫓아 간 한스 공작이 그의 목을 단도로 찌르고,

루돌프 폰 팔름이 창으로 그의 가슴을 뚫고,

에셴바흐가 그의 머리를 쪼개 버리니,

황제는 자기 피로 목욕을 하면서 쓰러졌답니다.

자기 땅에서 신하들의 손에 살해된 거지요.

수행원들은 강 건너편에서 이 참극을 보고 있었지만,

강이 가로막고 있어서 속수무책으로

그저 비명만 지를 뿐이었답니다.

황제는 길가에 있던 어떤 노파의 품속에서

피 흘리며 숨을 거두었다는군요.

멜히탈 탐욕스럽게 모든 걸 다 가지려 하더니

결국 제 무덤만 더 일찍 판 꼴이 되었군요!

슈타우파허 온 나라가 무시무시한 공포로 떨고 있어요.

모든 산의 고갯길이 차단되었고,

모든 구역이 삼엄하게 변경을 감시하고 있으며,

심지어 유서 깊은 도시 취리히조차

30년 동안 한 번도 닫아 본 적이 없는 대문을 닫았다고 합니다.

살인자들도 살인자들이지만 복수자들이 더 두려운 거지요.

그도 그럴 것이 헝가리 여왕인 독한 여자 아그네스*가

법외 추방*이라는 무기를 들고 쳐들어오고 있으니까요.

여성의 온유함과는 담을 쌓은 그녀는

부왕이 흘린 피를 복수하기 위해

살인자들의 가문 전체를, 그들의 하인들과 자식들,

손자들까지 죽여 버릴 작정이랍니다.

살인자들의 성에 있는 돌까지 부숴 버리겠다고 한다더군요.

일족 전체를 부친의 무덤으로 밀어 넣어

5월의 이슬로 목욕하듯* 피로 목욕시키겠다고 맹세했답니다.

멜히탈　살인자들은 어디로 도망쳤습니까?

슈타우파허　그들은 일을 저지른 직후

다섯 개의 다른 길로 각각 달아났다네.

앞으로 영원히 다시 보지 않을 작정으로 흩어진 거지.

요한 공작은 산 속을 헤매고 있다는 소문이네.

발터 퓌르스트　악행으로 아무 득도 보지 못한 것이군요!

복수는 득이 되지 않습니다!

끔찍하게도 복수는 복수를 먹고 살지요.

복수는 살인을 탐식하고, 참혹함으로 배를 채웁니다.

슈타우파허　살인자들에게는 이 악행이 아무 득도 되지 않지만,

우리는 피로 물든 죄악이 낳는 유익한 결실을

순결한 손으로 따먹읍시다.

크나큰 걱정거리를 덜어 내었고,

자유의 최대 적이 사라졌습니다.

들리는 바에 의하면 왕위가 합스부르크 가문에서

다른 가문으로 넘어갈 거라고 합니다.

제국은 자유 선출권을 주장하고 있습니다.*

발터 퓌르스트와 다른 사람들 무슨 들은 이야기가 있습니까?

슈타우파허 룩셈부르크 백작이 벌써

대다수의 지지를 받고 있다더군요.

발터 퓌르스트 제국에 대한 충성을 철회하지 않아 다행이오.

이제 정의를 희망해 볼 수 있게 되었소이다!

슈타우파허 새 군주에게는 용감한 친구들이 필요할 겁니다.

그러니 우리를 오스트리아의 복수로부터 지켜 주겠지요.

(사람들이 서로 얼싸안는다.)

(교회지기와 제국의 전령이 함께 등장.)

교회지기 여기 이 지방의 유지들이 모여 계십니다.

뢰셀만과 다른 사람들 여보게, 무슨 일이오?

교회지기 제국에서 보낸 전령이 이 편지를 가지고 왔습니다.

모두 (발터 퓌르스트에게)

뜯어서 읽어 보십시오.

발터 퓌르스트 (읽는다.)

"엘스베트 왕비*께서는

우리와 슈비츠, 운터발덴의 겸손한 남자들에게

은총과 온정의 뜻을 전하신다."

여러 사람들 왕비가 뭐라는 거요? 그녀의 제국은 끝났는데.

발터 퓌르스트 (읽는다.)

"군왕의 유혈 서거로 인한

심대한 고통과 미망인으로서의 슬픔 속에서도

왕비께서는 스위스 백성들의

오랜 충성과 애정을 잊지 않고 계신다."

멜히탈 행복할 때는 한 번도 우리를 생각해 준 적이 없지.

뢰셀만 쉿! 계속 들어 봅시다!

발터 퓌르스트 (읽는다.)

"왕비께서는 이 충직한 민족이

군왕을 살해한 저주받은 범인들을

마땅히 증오하고 있으리라고 믿고 계신다.

따라서 왕비께서는 이 세 주의 백성들이

루돌프 선왕의 왕가로부터 받은

사랑과 옛 은혜를 기억하여

살인자들을 일절 도와주지 않고,

오히려 이자들이 복수자의 손에 넘어가도록

충심을 바쳐 도울 것을 기대하고 계신다."

(사람들이 불만을 표시한다.)

여러 사람들 사랑과 은혜라니!

슈타우파허 우리는 부왕으로부터는 은혜를 입었지만,

그 아들로부터는 무엇을 받았습니까?

그가 이전의 모든 황제들처럼

우리의 자유 서한에 서명했습니까?

그가 정당한 판결을 선고하고,

무고하게 핍박당하는 사람을 보호해 주었습니까?

두려움에 휩싸인 우리가 그에게 보낸

사절들의 말을 들어 보기라도 했습니까?

왕은 이런 일이라고는 한 번도 해 본 적이 없고,

우리 스스로 용감한 팔뚝으로

권리를 직접 찾아오지 않았더라면

우리의 고통 따위는 거들떠보지도 않았을 것이오.

그런 그에게 감사하라고? 그는 이 계곡에

감사의 씨를 뿌려 본 적이 없습니다.

그저 높은 자리에서 군림하기만 했지요.

자기 백성들의 아버지가 될 수도 있었지만,

그는 오로지 자기 하수인들의 배만 불렸습니다.

그렇게 배가 불려진 자들이나 그를 위해 울라고 하시오!

발터 퓌르스트 그의 파멸에 환호할 건 없습니다.

지나간 악행을 떠올리지도 맙시다.

우리가 할 일은 그런 것이 아닙니다!

하지만 우리를 돌본 적이 없는 왕의 죽음 때문에

우리가 **복수**를 한다거나 우리를 괴롭힌 적이 없는 사람들을

우리가 추격한다는 것은 당치도 않고 마땅한 일도 아닙니다.

사랑은 자발적인 희생이어야 하며,

죽음은 강요된 의무를 해소시키니,

우리는 그에게 더 이상 갚아야 할 것이 없습니다.

멜히탈 왕비가 자기 침실에서 눈물을 흘리며

쓰라린 고통 때문에 하늘을 원망하고 있다고 해도

여기서는 한 민족이 이렇게 두려움에서 해방되어

바로 그 하늘을 우러러보며 감사하고 있습니다.

눈물을 얻고 싶은 자는 사랑의 씨를 뿌려야 하는 것입니다.

슈타우파허 (사람들에게)

텔은 어디 있소? 우리 자유의 창시자인

그가 이 자리에 없어서야 되겠습니까?

그가 가장 큰일을 했고, 그가 가장 혹독한 일을 견뎌 냈소.

자, 모두 갑시다. 그의 집을 순례하러 갑시다!

우리 모두의 구원자를 만나 만세를 부릅시다!

(모두 퇴장.)

2장

텔 집의 거실 겸 부엌. 화덕에서 불이 타고 있다. 열려 있는 문으로 밖이 보인다. 헤트비히, 발터, 빌헬름.

헤트비히 애들아, 오늘 아버지가 오신단다. 귀여운 것들!

아버지가 살아 계시고, 자유롭고, 우리도 자유롭고, 다 자유다!

이 나라를 구하신 분이 바로 너희 아버지다!

발터   저도 거기 있었어요, 어머니!

　저도 잊으시면 안 돼요.

　아버지의 화살이 저를 아슬아슬하게 비껴갔지만

　저는 떨지 않았어요.

헤트비히   (그를 안는다.)

　그래, 너도 살아서 돌아왔지!

　너를 두 번 낳은 기분이야!

　이제 다 끝났다. 내겐 너희 둘이, 둘이 모두 다 있어!

　그리고 오늘은 사랑하는 아버지가 돌아오시는 날이란다!

(수도사 한 명이 문간에 나타난다.)

빌헬름   어머니, 저기 봐요, 저기. 수도사가 서 있어요.

　적선해 달라고 조를 게 틀림없어요.

헤트비히   들어오시라고 해라. 기운을 차리게 해 드리자.

　저분은 이 집이 손님을 환대하는 걸 아신 거다.

(그녀가 안으로 들어갔다가 곧 잔을 들고 나온다.)

빌헬름   (수도사에게)

　들어오세요. 어머니가 식사 대접을 하시겠대요.

발터   오세요, 기력이 회복되실 때까지 여기서 쉬세요.

수도사   (혼미한 태도로 조심스럽게 집 안을 둘러본다.)

　여기가 어디지? 얘야, 여기가 어느 나라냐?

발터   그것도 모르시다니 정신이 없으신가 봐요?

　세헨 계곡 입구에 있는

　우리 주의 뷔르글렌에 와 계세요, 아저씨.

수도사　(다가오는 헤트비히에게)

　혼자 계시오? 댁의 남편은 어디 갔소?

헤트비히　곧 도착하실 거예요. 그런데 어디 편찮으세요?

　좋은 일로 오신 건 같지는 않네요.

　당신이 누구시든 목이 마르실 테니 드세요!

(그에게 잔을 건네준다.)

수도사　내 목마른 가슴이 마실 것을 애타게 찾고 있기는 하지만,

　아무것도 손대지 않겠소. 댁이 먼저 약속해 주기 전에는⋯⋯.

헤트비히　제 옷을 건드리지 마세요. 제가 당신 말을 듣길 원한다면

　가까이 오지 말고 멀찍이 떨어져 계세요.

수도사　이렇게 따뜻하게 불이 지펴져 있고,

　당신 아이들의 이 소중한 머리를 만지고 있자니⋯⋯.

(아이들을 만진다.)

헤트비히　이보세요, 무슨 짓이에요? 제 아이들을 가만 놔두세요!

　수도사가 아니군요! 분명 아니야!

　이 옷에는 평화가 깃들어 있지만,

　당신의 태도는 그렇지 않군요.

수도사　나는 세상에서 제일 불행한 사람이오.

발터　(벌떡 일어나면서)

　어머니, 아버지세요!

(급히 뛰어나간다.)

헤트비히　오, 하느님!

(뒤쫓아 가려다가 몸을 떨면서 멈추어 선다.)

빌헬름   (서둘러 쫓아간다.)

　아버지!

발터   (밖에서)

　돌아오셨네요!

빌헬름   (밖에서)

　아버지, 우리 아버지!

텔   (밖에서)

　그래, 돌아왔다. 어머니는 어디 계시냐?

(그들이 집 안으로 들어온다.)

발터   저기 문간에 서서 꼼짝도 못하고 계세요.

　두렵고 기뻐서 저렇게 떨고 계세요.

텔   오, 헤트비히, 헤트비히! 애 엄마!

　하느님이 도와주셨소. 이제 우리를 갈라놓는 폭군은 사라졌소.

헤트비히   (그의 목에 매달리며)

　오, 텔! 텔! 얼마나 당신이 걱정되던지!

(수도사가 문득 주의를 기울인다.)

텔   이제 걱정일랑 잊고 즐겁게 살면 되오!

　다시 돌아왔구나! 내 집으로!

　다시 내 땅에 서게 되었구나!

빌헬름   아버지, 석궁은 어떻게 하셨어요?

　안 보이는데.

텔   이제 다시는 볼 수 없을 거다.

　성스러운 장소에 보관해 뒀어.

앞으로는 사냥할 때 석궁을 쓰지 않을 거다.

헤트비히   오, 텔! 텔!

(뒤로 물러나면서 그의 손을 놓는다.)

텔   여보, 왜 놀라?

헤트비히   어떻게, 어떻게 돌아올 수 있었어요? 이 손,

다시 만져도 돼요? 이 손, 오, 하느님!

텔   (다정하고 용감하게)

이 손이 내 가족을 지키고 나라를 구했지.

이제 하늘을 향해 마음대로 뻗어도 되오.

(수도사가 급하게 움직인다. 텔이 그를 본다.)

이 수도사는 누구요?

헤트비히   아, 잊고 있었네요!

당신이 저 사람과 얘기해요. 전 가까이 가기 싫어요.

수도사   (다가온다.)

당신이 태수를 죽인 그 텔이라는 사람이오?

텔   그렇소. 아무에게도 숨기지 않겠소.

수도사   당신이 텔이군! 아, 하느님의 손길이 나를

당신의 집으로 이끌어 주셨군요.

텔   (그를 꼼꼼히 살펴보며)

당신은 수도사가 아니군! 무엇 하는 사람이오?

수도사   당신은 당신에게 악행을 저지른 태수를 죽였소.

그처럼 나도 내 권리를 인정하지 않는 적을 죽였지요.

그는 나의 적이기도 했지만

당신의 적이기도 했소.

내가 그로부터 이 땅을 해방시켜 주었소.

텔   (뒤로 물러서며)

뭐라고?

이런! 얘들아! 너희는 들어가 있어라.

여보, 당신도! 들어가! 들어가 있어요!

불행한 사람, 당신은……

헤트비히   아니, 왜 그래요? 누군데요?

텔   묻지 말아요!

저리, 저리 가 있어요! 아이들이 들으면 안 돼.

바깥으로 나가 있어요. 아주 멀찌감치.

당신이 이 사람과 한 지붕 아래에 있으면 안 돼.

헤트비히   아, 이게 무슨 일이지? 얘들아, 가자!

(아이들을 데리고 나간다.)

텔   (수도사에게)

당신은 오스트리아의 공작, 바로 그자군요!

당신의 백부이자 주군이신

황제를 죽인 그 사람이군요.

요한네스 파리치다[*]   그는 내 유산을 뺏어 간

도둑이었소.

텔   당신의 백부, 당신의 황제를 살해하다니!

그러고도 아직 살아 있다니!

아직도 햇빛을 보고 있다니!

파리치다　텔, 우선 내 말을 들어 보면⋯⋯.

텔　큰아버지이자 황제였던 분을 죽이고

　이렇게 피에 흠뻑 젖은 채

　감히 내 순결한 집에 발을 들여놓다니!

　뻔뻔스레 선량한 사람 앞에 얼굴을 내밀고

　손님으로 환대받기를 원했더냐?

파리치다　당신은 나를 친절하게 맞아 줄 줄 알았소.

　적에게 복수한 건 당신도 마찬가지니까.

텔　가련한 인간!

　명예욕을 채우기 위해 피를 부른 죄과를

　한 아버지의 당연한 정당방위와 혼동하느냐?

　네 자식들의 사랑스런 머리를 지키려고 한 짓이냐?

　신성한 가정을 지키려고, 네 가족을

　가장 참혹하고 잔인한 짓으로부터 보호하려고 한 짓이냐?

　하늘을 향해 내 순결한 두 손을 들어

　너와 너의 행위를 저주한다.

　나는 신성한 자연을 지키기 위해 복수했지만,

　너는 그 자연을 짓밟았다.

　너와 나는 전혀 다르다. 너는 오직 살인을 했을 뿐이고,

　나는 소중한 가족을 지켜 낸 것이다.

파리치다　나를 막막한 절망 속으로 내동댕이치려는 것이오?

텔　너와 이야기하는 것조차 끔찍한 일이다.

　가라! 네 앞에 놓인 험악한 길만 좇아가라.

무고한 사람들이 사는 집은 건드리지 말고.

파리치다 (가려고 돌아선다.)

이렇게는 더 살 수도 없고, 살고 싶지도 않소!

텔 그래도 네가 가엾구나……. 제기랄!

아직 그렇게 젊은데,* 그토록 고귀한 피를 물려받고,

내 군주이자 황제이시던 루돌프의 손자인 네가

이제는 살인자로 도망 다니며 나처럼 가난한 사람의

문지방에서 애원하고 절망하는 신세가 되었구나…….

(얼굴을 감싼다.)

파리치다 오, 눈물을 흘릴 수 있다면 내 운명을

동정해 주시오. 이토록 비참하니 말이오.

나는 영주요. 아니, 영주**였지요**. 행복하게 살 수도 있었소.

조급한 욕망을 다스릴 줄 알았더라면 말이오.

질투심이 내 마음을 야금야금 갉아먹었소.

사촌 레오폴트*의 젊음은 명예로 빛나고

광대한 영지로 풍성한데,

그와 동갑인 나는 굴욕적이게도

어른 취급을 못 받고 있었으니 말이오.

텔 불행한 인간, 백부가 네게 영지와 주민들을 넘겨주지 않은 것은

너의 됨됨이를 잘 알기 때문이었겠지!

바로 너의 그 조급하고 야만적인 미친 짓이

그의 판단이 현명했음을 끔찍하게 증명해 주었다.

너의 살인을 도와준 피 묻은 자들은 어디 있나?

파리치다 복수의 망령*이 이끄는 대로 따라갔을 것이오.

그 불행한 행동 뒤에는 그들을 다시 보지 못했소.

텔 네게 법외 추방령이 떨어져 친구들은 너를 보호할 수 없고,

적들은 너를 죽일 수 있다는 것을 알고 있는가?

파리치다 그래서 지금까지 대로는 모두 피하고,

어떤 집의 문도 두드리지 못했소.

인적 없는 황야를 향해 발걸음을 옮겼고,

나 자신을 두려워하며 산 속을 헤맸지요.

냇물에 내 가련한 모습이 비치기라도 하면

깜짝 놀라며 나를 피해 뒤로 물러났소.

오, 당신이 연민과 인정을 잃지 않았다면…….

(텔의 앞에 엎드린다.)

텔 (그를 외면한 채)

일어서시오! 일어서요!

파리치다 당신이 나를 도와주겠다고 할 때까지 이렇게 있겠소.

텔 내가 당신을 도울 수 있겠소? 죄지은 인간이?

어쨌든 일어서시오. 당신이 저지른 죄가

아무리 흉악하다고 해도 당신도 나도 모두 인간이오.

텔에게 위로받지 못하고 떠나는 사람이 있어서는 안 되오.

내가 할 수 있는 일은 하겠소.

파리치다 (벌떡 일어서서 격하게 그의 손을 붙잡는다.)

오, 텔!

내 영혼을 절망에서 구해 주시는군요.

텔   손을 놓으시오. 당신은 떠나야 하오.

여기서는 필경 발각되고 말 것이고,

발각되면 보호받기를 기대할 수 없소.

어디로 갈 작정이오? 어디서 평안을 구하고 싶소?

파리치다   난들 알겠소? 쯧!

텔   하느님께서 내게 일러 주시는 말씀을 들어 보시오.

당신은 이탈리아로 가야 합니다. 성 베드로의 도시*로 말이오.

거기 교황 앞에서 무릎을 꿇고 죄를 고해하면

당신의 영혼을 구할 수 있을 거요.

파리치다   그가 나를 복수자들에게 넘기지 않겠소?

텔   그가 어떻게 하든 하느님의 뜻으로 알고 받아들이시오.

파리치다   그 모르는 나라로 어떻게 가야 하오?

길도 모르고 나그네들과 어울려

함께 걸을 수도 없는 처지인데.

텔   내가 길을 알려 줄 테니, 잘 기억하시오!

우선 거친 물살로 산에서 쏟아져 내리는

로이스 강을 거슬러 상류 쪽으로 올라가시오.

파리치다   (놀란다.)

로이스 강을 다시 봐야 합니까? 그 강가에서 살인을 했는데.

텔   절벽 옆으로 나 있는 그 길에는 수많은 **십자가들이**

세워져 있는데, 이는 눈사태로 묻혀 버린

나그네들을 기리기 위한 것이오.

파리치다 이 격심한 마음의 고통을 가라앉힐 수 있다면

자연의 공포 따위는 두렵지 않소.

텔 십자가가 나올 때마다 그 앞에서 무릎을 꿇고

뜨거운 회한의 눈물로 당신의 죄를 참회하시오.

만일 산이 얼음으로 뒤덮인 등성이로부터

당신을 향해 눈 폭풍을 쏟아붓지 않고,

그래서 당신이 그 험악한 길을 무사히 통과하게 되면

포말로 뒤덮인 **다리***에 도착하게 될 것이오.

그 다리가 당신 죄의 무게를 버텨 내어

당신이 무사히 건너편으로 가게 되면

갑자기 검은 **바위 문***이 나타날 것이오.

햇빛을 본 적이 없는 그 문을 지나가면

환한 기쁨의 **골짜기***에 도달하게 될 것이오.

하지만 그 곳은 재빨리 지나치시오.

당신은 평화가 깃든 곳에 머물러서는 안 되니까.

파리치다 오, 루돌프! 루돌프! 나의 조상이신 왕이시여!

당신의 손자가 이렇게 당신 제국의 땅을 밟게 되는군요!

텔 그곳을 지나 더 올라가면

오로지 빗물로만 채워진

영원한 **호수***가 있는

고트하르트 고지에 도착하게 되오.

거기서 당신은 독일 땅과 작별하게 됩니다.

그곳에서 세차게 흘러가는 다른 강이

당신을 이탈리아로, 그 약속의 땅*으로…….

(수많은 알프스 나팔이 불어 대는, 가축을 불러 모으는 소리가 들려온다.)

사람들 소리가 들리오. 가시오!

헤트비히 (급히 들어온다.)

텔, 어디 있어요?

아버님께서 오세요! 맹세를 같이한 사람들 전부

즐겁게 줄 지어 오고 있어요.

파리치다 (숨는다.)

아, 괴롭구나!

나는 행복한 사람들과 함께 있을 수 없으니.

텔 여보, 가서 이 사람에게 먹을 것을 줘요.

갈 길은 멀고 쉴 곳은 없는 사람이니

식량도 많이 챙겨 주고.

어서! 사람들이 오고 있소.

헤트비히 저 사람은 누구죠?

텔 모르는 게 좋아!

그가 가는 쪽을 보면 안 되오.

그가 어디로 가는지 사람들이 알면 안 되니까!

(파리치다가 황급히 텔에게로 다가가지만, 텔은 가라고 손짓만 하고 나가 버린다. 두 사람이 각각 반대쪽으로 퇴장하고 나면 무대가 바뀌고 마지막 장이 시작된다.)

마지막 장

텔의 집 앞의 골짜기 전체와 골짜기를 둘러싸고 있는 언덕이 사람들로 뒤덮여 있다. 사람들은 모여들어 한 무리를 이룬다. 셰헨 계곡에서 넘어오는 높은 오솔길로부터 다른 사람들이 몰려든다. 발터 퓌르스트가 두 아이를 데리고 오고, 멜히탈과 슈타우파허가 앞으로 나온다. 이들을 뒤따라 다른 사람들이 밀려든다. 텔이 나오자 모두 큰 소리로 그를 환호한다.

모두　텔 만세! 우리의 사수, 우리의 구원자!
(맨 앞의 사람들이 텔 주위로 밀려들면서 그를 얼싸안고, 루덴츠는 다른 사람들을, 베르타는 헤트비히를 포옹한다. 산에서 들려오는 음악이 이 무언의 장면을 반주한다. 이 장면이 끝나면서 베르타가 사람들 한가운데로 나선다.)
베르타　여러분! 동지들! 저를 여러분의 동맹의 일원으로
　　받아 주세요. 자유의 땅에서 첫 번째로
　　보호를 받은 이 행복한 여자를!
　　여러분의 용감한 손에 제 권리를 맡깁니다.
　　저를 여러분과 같은 시민으로 보호해 주시겠습니까?
사람들　우리의 재산과 피를 바쳐 그렇게 하지요.
베르타　좋아요!
　　그럼 이제 제 오른손을 이 젊은 분께 맡깁니다.
　　자유로운 스위스 여자가 자유로운 남자에게!

루덴츠　그리고 저는 제 모든 하인들에게 자유를 선포합니다.

(빠른 음악이 다시 시작되면서 막이 내린다.)

스위스 지도

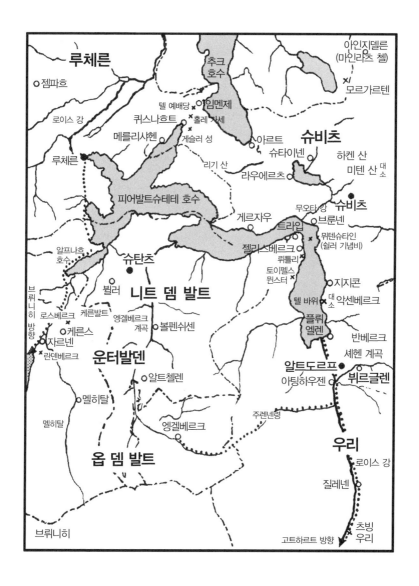

6   "슈비츠와 우리 주": 스위스 중부 지방의 주들이다.

"방기 기사": 전쟁이 있을 때 그 지방의 깃발을 맡아 드는 명예를 얻은 기사를 말한다.

6   "우리 주의 쇠뿔": 우리(Uri) 주의 군대는 들소의 뿔로 만든 나팔로 신호를 울렸다. 이 쇠뿔 부는 일을 맡은 사람의 이름이 아예 '쇠뿔'이 된 것이다.

"직인들": 3년가량의 도제 교육을 마치고 직인 시험에 합격한 숙련된 수공업자들을 말한다.

"수발 수도사들": 병자들 간호를 위해 포르투갈에서 맨 먼저 설립된 가톨릭 수도원의 수도승들을 가리킨다. 이 조직은 1540년에 설립되었으므로 역사적으로 이 극의 연대와는 맞지 않다.

"란덴베르거": 운터발덴 주의 제국 태수다.

"발트슈테테": 스위스 한가운데에 있는 피어발트슈테테 호수 주변의 우리, 슈비츠, 운테발덴 주를 포괄하는 지방을 말한다.

7   "슈비츠": 슈비츠 주의 중심 도시다. 이 도시의 이름이 주 전체의 이름이 되었고, 스위스라는 국명도 이 도시 이름에서 유래했다.

8   "목부의 노래": 알프스의 목부들이 흩어져 있는 소들을 불러 모을 때

부르는 노래다.

"끌어들인다": 산 속의 호수는 물가에서 자는 사람을 물속으로 끌어들이는 힘을 가지고 있다는 스위스의 전설을 차용한 노래다.

10 "쓰고": 비구름이 몰려드는 날씨의 변화에 대한 스위스 사람들의 표현 방식이다. 미텐 산은 슈비츠 주의 유명한 산이며, 두 개의 봉우리가 있어 큰 미텐 산과 작은 미텐 산으로 부른다. 큰 미텐 산의 높이는 1,898미터다.

11 "알첼렌": 운터발덴 주의 마을이다.

13 "푄 바람": 알프스의 건조한 남서풍으로, 폭풍이 되기도 한다.

14 "뷔르글렌": 우리 주의 마을로서 텔이 태어나 살던 곳이다.

15 "시몬과 유다의 날": 10월 28일을 말한다. 하지만 이 미신의 유래는 알려지지 않았다.

18 "게르자우": 피어발트슈테테 호수 북쪽 기슭에 있는 슈비츠 주의 마을이다.

20 "퀴스나흐트": 피어발트슈테테 호수 기슭에 있는 슈비츠 주의 소도시다. 게슬러의 성이 여기에 있다.

"성주": 게슬러를 말한다.

21 "이베르크의 딸이에요": 슈비츠 주의 마을 이베르크의 촌장이던 콘라트 폰 이베르크를 말한다. 역사상 슈타우파허의 부인 이름은 게르트루트가 아니라 마가레타 헤를로비히였다. 그러므로 슈타우파허의 장인도 이베르크가 아니었다. 게르트루트와 관련한 사항은 쉴러가 만든 허구다.

"오랜 문서": 이른바 '자유 서한'을 말한다. 황제들과 왕들이 서명한 이 서한은 자치권과 제국 직속령의 지위를 인정하는 내용을 담고 있었다.

22 "기독교 세상의 최고 권력자": 신성로마제국의 황제를 말한다. 실제 역사상으로는 합스부르크의 루돌프 1세와 그의 아들 알브레히트는 황제로 등극하지 않았다.

27 "알트도르프": 우리 주의 주도(主都).

28 "츠빙 우리": '츠빙'이라는 말은 스위스에서 성채나 요새를 뜻하지만, '강요한다', '지배한다'를 뜻하기도 한다.

36 "마인라츠 첼": 슈비츠 주 북부의 고지 아이지델른을 말한다. 이곳 수도원의 효시가 된 마인라트 백작이 지은 교회당을 부르는 이름이다.
"플뤼엘렌": 피어발트슈테테 호숫가의 소도시로서, 알트도르푸의 외항이다.

38 "자르넨": 운터발덴 주의 자르넨 호숫가에 있는 마을이다. 근처의 언덕 위에 란덴베르거의 성이 있었다.

42 "슈렉호른 산": 스위스 남부의 베른 알프스 산맥에 있는 높이 4,078미터의 산이다.
"융프라우 산": 슈렉호른 산과 마찬가지로 베른 알프스 산맥에 속하는 높이 4,158미터의 산이다.

44 "민회": 한 주의 투표권을 가진 주민들이 모여 공공 사안을 토의하고 직접 다수결로 결정하는 스위스 직접 민주제의 집회. 지금도 아펜젤 등 몇몇 주에서는 이 제도가 유지되고 있다.

45 "질리넨": 알트도르프 위쪽. 츠빙 우리 요새의 맞은편에 있는 귀족들의 거처다.

46 "알첼렌의 그 남자": 바움가르텐을 말한다.
"니트 뎀 발트": 운터발덴 주의 북부 지역을 말한다.
"브룬넨이나 트라입": 피어발테슈테테 호숫가의 항구들로서, 발트슈테테 지역 한가운데 지점에 위치한다.

47 "뮈텐슈타인": 전설의 돌이라는 뜻이다. 호수 안쪽으로 암벽이 돌출된 지점이다.

50 "알트도르프의 성": 게슬러의 성을 말한다.

51 "울리": 울리히의 애칭이다.
"있으니 말이다": 공작 깃과 자포는 합스부르크 왕가의 봉신(封臣)과 귀족의 공식 표장이다.

52 "귀족석": 당시 법정에서 귀족이 앉던 자리를 말한다. 귀족과 평민은 함께 배석 판사로 재판에 참여하여 동등한 표결권을 행사했다.

53 "농부 귀족": 태수들은 실제로 지방의 대지주들을 이렇게 부르며 조롱했다고 한다.

"마상 시합": 중세 기사들의 무장 격투 경기를 말한다.

55 "고트하르트": 이탈리아로 가려면 거쳐야 하는 고갯길이다.

56 "제위는": 황제의 직위는 세습되지 않고 선출되었기 때문에 언제나 다른 가문에서 새 황제가 나올 수 있었다.

"측량하고": 세금을 책정하기 위한 조치다.

57 "지켜봤다": 1240~1241년, 황제 프리드리히 2세가 이탈리아의 도시 라벤나 근처의 파엔차를 정복할 때 6백 명의 발트슈테테 사람들이 황제를 도와 참전했다. 그 대가로 발트슈테테는 '자유 서한'을 받게 되었다. 파벤츠는 파엔차의 독일식 이름이다.

58 "배반했고": 볼펜쉬센 역시 원래 운터발덴 주의 귀족 가문의 자제였으나 오스트리아에 충성을 맹세한 뒤 로스베르크의 성주로 임명되었다.

60 "젤리스베르크": 뤼틀리 근처의 작은 마을이다.

63 "엥겔베르크": 슈탄츠와 알트도르프 사이에 있는 엥겔베르크 계곡에 있는 마을이다. 1211년에 세운 베네딕트회의 수도원이 있다.

"그 끔찍한 사건": 멜히탈 노인의 눈이 뽑힌 사건을 말한다.

66 "바일러": 로스베르크 근처의 계곡이다. 지금도 용이 살았다는 동굴이 남아 있다.

67 "주지사": 민회에서 선출된, 주의 자치 행정 수장을 말한다.

68 "진행합시다": 이 관습에 따르면 민회의 의장은 주지사가 맡았다. 그의 곁에 법정의 정리(廷吏)와 기록관이 서고, 그의 앞에는 주의 서(書)를 놓았다. 기록관은 주의 서에 모든 결정 사항을 적는다. 앞쪽의 연단 좌우에는 칼을 세워 놓았고, 참가자들은 의장 앞에 반원형의 대열을 이루었다.

"있습니다": 여기서 법률(Gesetz)은 실정법의 의미로, 법(Recht)은 신이 부여한 정의의 의미로 사용되었다.

"유서 깊은 책": 주의 서를 말한다.

71 "무오타 강": 골짜기 사이로 흘러 브룬넨 근처에서 피어발트슈테테 호수로 흘러드는 슈비츠 주의 강이다.

72 "흑산": 운터발덴과 베른 주를 연결하는 브뤼니히 고개를 말한다.

"바이슬란트": 베른 주의 경계에 있는 오버하슬리 계곡을 말한다.

"다른 언어를 쓰는": 프랑스어나 이탈리아어였을 것이다.

73 "프리드리히 황제의 서한": 호엔슈타우펜 왕가의 황제 프리드리히 2세(재위 1215~1250)가 서명한 자유 서한에는 "너희는 너희 뜻에 따라 이 왕가와 제국의 통치를 선택했다"고 적혀 있다.

74 "거부했습니다": 1144년, 슈비츠 사람들이 방목권을 둘러싸고 아인지델른 수도원과 대립하게 되었을 때, 황제 콘라드 3세가 수도원 편을 들자 슈비츠 사람들이 제국에서 탈퇴한 사건을 말한다.

75 "낯선 종놈": 태수를 말한다.

"안개의 장막도 걷어 냈습니다": 숲을 개간한 뒤 안개가 줄어든 것을 말한다.

76 "인간이 인간을 마주보던": 인위적인 신분적, 법적 차이가 없던 원초적인 상태를 말한다.

78 "라인펠트": 취리히와 바젤 사이에 있는 작은 도시를 말한다.

"황제의 성": 제국의 중범 재판소가 있던 궁성을 말한다.

"갔습니다": 역사 기록에 의하면 콘라트 훈은 1275년에 사신의 자격으로 황제의 성으로 갔다.

79 "한젠 공작": 요한 폰 슈바벤 공작(1290~1313)을 말한다.

80 "라퍼스바일 시": 취리히 호수 근처의 소도시다.

"선서를 했습니다": 당시 우리 주의 성직자들은 취리히의 프라우뮌스터 수녀원 원장에게서 급료를 받았다.

91 "셰헨 계곡": 뷔르글렌 근처에서 로이스로 흘러드는 셰헨 강을 둘러

싼 거친 골짜기를 말한다.

99 "축복받은 섬": 고대 그리스 신화에 따르면 지구 서쪽 끝에 위치한 이 섬에는 신의 자식들이나 신의 사랑을 받는 영웅들이 살고 있다. 따사로운 봄이 영원히 계속되고 일체의 근심 걱정이 사라진 곳으로, 라틴어로는 '엘리지움'이라고 부른다.

109 "텔이 아닐 것입니다": 텔이 했다고 전해지는 이 말과 관련하여 『스위스 연대기(*Chronicon Helveticum*)』(1734~1736)를 쓴 에기디우스 추디(Aegidius Tschudi)는 텔의 이름이 당시 쓰이던 말 '달레(Dalle)'를 연상시키는데, 이 말은 '멍청이'를 뜻한다고 전했다.

114 "용서하소서": 뤼틀리 민회에서 연기하자고 한 사람들은 멜히탈의 고향 운터발덴 사람들이었으며, 멜히탈도 이 제안에 동의했다.

117 "대담해야 했을 겁니다": 기사 계급의 관례에 따르면 손수건을 던지는 행위는 명예를 훼손당했다고 생각한 기사가 상대방에게 결투를 신청하는 것을 의미했다.

121 "위배됩니다": '자유 서한'은 형벌 집행을 오로지 해당 주에서만 시행하도록 정해 놓았다. 당시 퀴스나흐트는 슈비츠 주의 바깥에 있었다.

125 "죽여 버려라": 이 부분은 셰익스피어의 『리어 왕』 3막 2장에 나오는 리어 왕의 미친 독백을 차용한 것이다.

127 "알 수 있어요": 합스부르크 왕가의 봉신과 귀족은 흔히 붉은색이나 자주색을 표식으로 사용했다.

"자기 죄": 그가 저지른 죄의 노획물인 텔을 말한다.

128 "하크메서": 피어발트슈테테 호수변의 마을 지지콘(Sisikon) 남쪽에 해당하는 이 지명들은 현재 사용하지 않으며, 주민들 사이에서만 통용되고 있다. 부기스그라트와 하크메서, 악센베르크는 모두 호수 동쪽에 있는 2천 미터가 넘는 암산이다. 뤼틀리 남쪽, 그러니까 호수 서쪽에 위치한 토이펠스뮌스터는 '악마의 대성당'이라는 뜻으로서, 이 암벽 아랫부분은 악마의 형상을 하고 있다고 한다.

131 "바위": 오늘날 '텔 바위(Tellsplatte)'라고 불리는 바위다.

134 "움직이지 않습니까": 임종을 맞는 사람이 숨을 쉬는지 알아보기 위해 새의 솜털을 입술 위에 올려놓는 것이 당시의 관습이었다.

141 "위히틀란트": 유라 산맥에서 아래 강까지 이어지는 호수와 늪이 많은 지역을 말한다.

"투르가우": 독일과 스위스 국경에 위치한 보덴 호수 남쪽 지역으로서, 1803년에 스위스의 주로 통합되었다.

"편성되고 있지": 당시 수공업자, 상인 등의 동직 조합은 스위스의 번창하는 도시에서 정치적 세력을 키워 가고 있었다. 이 조합은 제국 직속 도시가 성립되는 데 결정적인 구실을 했다. 이에 반해 합스부르크 왕가의 편에서 민중의 자유 투쟁을 방해하던 귀족들은 급속히 세력을 잃어 갔다.

142 "벌어지는구나": 이후의 스위스 민중의 자유 투쟁을 예언한 것이다. 합스부르크 왕가에 저항하는 스위스 민중의 전투 가운데 주요한 것으로는 1315년의 모르가르텐 전투, 1386년의 젬파흐 전투, 1388년의 네펠 전투 등을 들 수 있다. 이 전투는 스위스 민중의 승리로 끝났다.

"깃발을 쳐드는구나": 이는 젬파흐 전투에 대한 예언이다. 1386년 이 전투에서 아르놀트 빙켈리트는 창을 앞세운 오스트리아 군의 대열을 돌파하기 위해 스스로 몸을 던져 수많은 창에 찔렸다고 한다. 이 순간 오스트리아 군의 대열에 빈틈이 생겨 스위스 민군이 진격할 수 있었으며, 결과는 민군의 대승이었다. 이 전투에서 수많은 합스부르크 귀족들이 목숨을 잃었다.

"가담하게 하라": 이후 1353년까지 실제로 루체른, 취리히, 글라루스, 추크, 베른의 다섯 개 주가 동맹에 가담하게 된다.

"성의 종이 울린다": 사람의 죽음을 알리는 종소리다.

148 "홀레 가세": 홀레 가세는 추거 호수에 접해 있는 작은 마을 임멘제와 퀴스나흐트 사이를 연결해 주는 계곡 속의 좁은 길이다.

149 "끓어오르게 했다": 서양의 전설에 따르면 용의 피는 인간에게 치명적이다.

152 "칠을 하기로 한다": 알프스의 사냥꾼은 암벽을 타다가 극히 위험한 상황에 빠지면 미끄러지지 않기 위해 발뒤꿈치를 베고 여기서 흐르는 피를 암벽의 적당한 위치에 발라 발바닥의 접착력을 높였다고 한다.

153 "뫼를리샤헨": 퀴스나흐트 근처의 마을이다.
"글라르너 란트": 슈비츠 주와 우리 주에 접한 오늘날의 글라루스 주의 영역을 가리킨다.

154 "바덴": 아르가우 주의 합스부르크 왕가 관저가 있는 바덴 근처의 슈타인 성을 말한다.

157 "마당이야": 아버지는 합스부르크 왕가의 루돌프 1세, 아들은 알브레히트 1세를 말한다.

158 "채집농꾼": 재산으로 지닌 몇 마리 안 되는 가축을 방목할 목초지도 갖지 못해 산야에서 풀을 채집해서 먹여야 하는 가난한 농부를 말한다.
"탑의 지하실": 당시에는 성의 탑 아래의 지하실이 흔히 감옥으로 사용되었다.

164 "까마귀가 내려앉는구나": 수도사들이 검은 수도복을 비꼬듯이 표현한 말이다.

165 "성들을 정복했군요": 운터발덴 주의 로스베르크 성과 자르넨 성을 말한다.

171 "황제가 살해되었소": 실제 역사에서 알브레히트 1세가 살해된 것은 이 사건이 일어난 지 약 6개월 뒤인 1308년 5월 1일이다.
"브룩": 아르가우 주의 아레 강변에 있는 소도시다.
"요한네스 뮐러": 요한네스 폰 뮐러는 1752년 샤프하우젠에서 태어난 스위스의 역사가다. 쉴러는 이 작품을 쓰면서 추디의 『스위스 연대기』와 함께 뮐러의 『스위스 동맹사』(1786)를 주로 참조했다. 1804

년 이 작품을 거의 완성했을 때 뮐러를 직접 만나기도 했던 쉴러는 여기서 그의 이름을 사용함으로써 그에게 감사를 표한 것이다.

172 "한스 공과 레오폴트 공": 한스는 요한 폰 슈바벤을, 레오폴트는 알브레히트 왕의 둘째 아들을 말한다.

173 "오래된 대도시": 당초에 로마군의 병영으로 사용되었던 아르가우 주의 빈도니사를 말하며, 현재의 명칭은 빈디쉬다.

174 "아그네스": 알브레히트 왕의 맏딸이자 헝가리 왕 안드레아스 3세의 부인이다.

"법외 추방": 당시 주권자에 의해 법외 추방 조치를 받은 사람이나 구역은 일체의 법의 보호를 박탈당하게 되므로 누가 이들을 약탈하거나 죽여도 전혀 처벌받지 않았다.

"5월의 이슬로 목욕하듯": 당시 사람들은 5월의 이슬로 목욕을 하면 아름다움과 건강을 얻을 수 있다고 믿었다고 한다.

175 "주장하고 있습니다": 당시 신성 로마 제국의 왕은 세습이 아니라 선출권을 가진 소수 선제후들의 선거에 의해 결정되었다. 여기서 자유 선거권이란 이러한 선제후들의 선출권을 말한다. 실제로 알브레히트 1세의 사망 이후 선제후들은 룩셈부르크 가문의 하인리히 7세를 신성 로마 제국의 왕으로 뽑았다.

"엘스베트 왕비": 알브레히트 1세의 부인이다.

183 "요한네스 파리치다": '파리치다(Parricida)'는 라틴어로 아버지 혹은 친척을 살해한 자를 뜻한다. 요한 폰 슈바벤 공작은 백부를 살해한 뒤 이 이름으로 불렸다. 그 뒤 그는 행방불명되었으며, 왕위를 계승한 하인리히는 그를 법외 추방하고 그의 재산을 몰수했다.

185 "아직 그렇게 젊은데": 역사상 요한 폰 슈바벤은 알브레히트 1세를 살해할 당시 열여덟 살이었다.

"사촌 레오폴트": 알브레히트 1세의 아들이다. 그는 1315년에 합스부르크의 군대를 끌고 스위스로 진격했다가 참패했다.

186 "복수의 망령": 그리스 신화에 등장하는, 범죄자를 쫓는 세 명의 복

수의 여신인 에리뉘에스(Erinyes)를 말한다.

187　"성 베드로의 도시": 로마를 말한다. 일설에 의하면 파리치다는 이탈리아로 가서 교황에게 용서받은 뒤 수도승으로 살았다고 한다.

188　"포말로 뒤덮인 다리": 로이스 강을 가로지르는 '악마의 다리'를 말한다. 이 다리는 악마의 힘을 빌려 세웠다는 전설이 있다.

　　"검은 바위 문": 역사상 '우리 주의 구멍'이라고 불리는 이 작은 터널이 뚫린 것은 1707년의 일이다.

　　"기쁨의 골짜기": 휴양지로 유명한 안더마트 마을을 말한다.

　　"영원한 호수": 이 표현은 이 호수의 수위가 연중 내내 일정하다는 점을 강조한 것이다.

189　"그 약속의 땅": 슈바벤 공작의 죄를 지상에서 사해 줄 수 있는 유일한 사람은 교황이었다. 따라서 공작에게는 이탈리아 땅이 성경에서의 이스라엘과 같은 약속의 땅이라는 뜻이다.

해설

자유를 위한 저항과 혁명, 그리고 폭력

이재영(문학 평론가)

1804년 3월 17일, 쉴러(Johann Christoph Friedrich von Schiller, 1759~1805)의 『빌헬름 텔(*Wilhelm Tell*)』이 바이마르 궁정 극장에서 처음으로 무대에 올려졌다. 괴테가 직접 감독을 맡은 공연은 다섯 시간이 넘게 걸렸지만 관객들의 반응은 뜨거웠다. 며칠 뒤 쉴러는 한 편지에서 이렇게 썼다. "나의 『빌헬름 텔』이 사흘 전에 공연되었는데, 지금까지의 나의 어떤 극보다 더 큰 성공을 거두었네." 그러나 이 극의 성공이 더 뚜렷해진 것은 그해 7월에 베를린 왕립 극장에서 공연을 하고 난 뒤였다. 공연의 성공에 고무된 극장 측은 즉시 6회의 추가 공연을 결정했다. 이후 독일 각지의 극장들은 앞다투어 공연에 나섰다.

민중의 저항과 자유 의식, 심지어 폭군 살해까지 묘사하는 이 극은 국가 관리들의 눈에는 달갑지 않은 작품이었다. 이에 따라 많은 부분이 삭제된 뒤에야 공연되기 일쑤였고, 곳에 따라 수십 년 동안 공연이 금지되기도 했다. 그러나 결국 이 극은 독일 연극

사상 가장 성공한 작품 가운데 하나가 되었으며, 19세기 후반부터는 학생들의 필독서로, 일반교양의 일부로 확고하게 자리 잡았다. 작품 속의 수많은 대사는 독일어권에서 속담으로 널리 사용되고 있다. 이 작품의 공연은 그 자체로 하나의 민중 축제가 되기도 했고, 지금도 스위스의 인터라켄에서 해마다 개최되는 텔 축제에서 이 작품이 공연되고 있다. 조아키노 로시니는 이 작품을 바탕으로 오페라를 작곡하기도 했다. 19세기에 이미 유럽 대부분의 언어로 반복적으로 번역된 이래 이제 이 작품은 세계 문학의 확실한 일원으로 인정받게 되었을 뿐만 아니라, 아동 문학으로도 개작되어 널리 사랑받고 있다.

1. 자유와 혁명의 우상, 빌헬름 텔

이 작품이 이렇게 세계인의 사랑을 받게 된 것은 물론 빌헬름 텔의 이야기를 탁월하게 극작품으로 형상화해 낸 쉴러의 기량에 의한 것이지만, 소재 자체의 대중성도 한몫했다. 쉴러가 이 소재를 작품화하기로 결정한 데도 이런 대중성이 하나의 계기가 되었다. 그는 한 편지에서 이 소재에 "연극적인 효과와 민중적인 요소가 상당히 많이" 깃들어 있다고 했고, 다른 편지에서는 "사람들은 이런 민중적인 소재에 아주 혈안이 되어 있다"라고도 썼다.

빌헬름 텔은 쉴러 당대에 이미 대중적으로 잘 알려진 인물이었다. 15세기부터 쉴러 당대에 이르기까지 빌헬름 텔을 소재로 한

문학 작품은 무수히 많았고, 스위스 인의 봉기를 다룬 역사서도 다수 출간되었다. 그러나 이 인물이 특히 주목을 받은 것은 혁명 후의 프랑스에서였다. 여기서 빌헬름 텔은 우상으로 숭배되었다. 프랑스 국민공회는 1793년 "혁명의 명예로운 사건들과 자유의 수호자들의 덕성을 묘사하는 브루투스·비극, 빌헬름 텔 등의 연극"을 매주 세 번씩 공연할 것을 결정했다. 의회에서의 연설이나 발표문에서도 빌헬름 텔은 프랑스 혁명의 전설적인 선조로서 즐겨 언급되었다. 거리의 행렬에서는 빌헬름 텔의 분장을 한 사람이 승리의 마차에 타고 대중의 환호를 받았으며, 무수한 거리와 광장, 지명, 신생아의 이름이 빌헬름 텔의 이름을 따라 명명되었다. 또한 1798년, 나폴레옹의 주도 아래 스위스에서 성립된 헬베티아 공화국도 빌헬름 텔을 상징적인 인물로 삼았다. 공화국의 모든 공문에는 텔의 형상이 인쇄되어 있었다. 쉴러가 이 작품을 쓸 무렵, 빌헬름 텔은 이렇게 대중적일 뿐만 아니라 정치적으로도 매우 상징적인 인물이었으며, 쉴러 역시 빌헬름 텔의 이런 정치적 의미를 잘 알고 있었다.

2. '자유의 시인' 쉴러

쉴러가 자신의 마지막 작품을 빌헬름 텔이라는 인물에게 바친 것은 우연한 일로 보이지 않는다. 청소년 시절을 감옥 같은 군사학교에서 보낸 이후, 쉴러의 평생 동안의 화두는 자유였다. 하루

일과가 눈뜰 때부터 잠들 때까지 철저히 군주에 의해 규정되고, 평민의 자제와 귀족의 자제가 엄격하게 차별받고, 시종일관 복종과 훈육을 강요하는 칼 학교에서 스물한 살이 될 때까지 7년간 갇혀 지내야 했던 쉴러에게 문학은 자유를 꿈꿀 수 있는 유일한 공간이었다. 그의 첫 작품 『도적들(*Die Räuber*)』의 주인공 칼 모어는 이렇게 외친다. "죽음이냐 자유냐, 둘 중 하나다!" 쉴러가 20대에 써서 후일 베르디에 의해 오페라로 작곡되기도 한 『돈 카를로스(*Don Karlos*)』에서 포사 후작은 스페인의 왕 펠리페 2세에게 이렇게 외친다. "당신 주변의 찬란한 자연을 보십시오! 자유가 자연의 바탕입니다. 자유는 자연을 얼마나 풍성하게 해 주고 있습니까!"

쉴러의 미학과 예술 이론에서도 핵심 개념은 자유다. 미의 개념을 본격적으로 논한 「칼리아스 편지(Kalliasbriefe)」에서 그는 미란 "현상 속의 자유"라고 했고, 근대 미학의 두 기본 개념 가운데 하나인 숭고를 논한 「숭고에 대하여(Vom Erhabenen)」에서도 숭고의 본질은 "우리 이성의 자유를 의식하는 것"에 있다고 했다. 그의 비극 이론에서도 "예술의 힘의 원천인 자유"가 거듭 강조된다. 이렇게 자유는 쉴러가 평생을 바친 화두였다. 오랜 병마로 인해 죽음을 예견하고 있던 쉴러가 얼마 남지 않은 기력을 바쳐 창조해 낸 인물이 자유의 화신으로 여겨지던 빌헬름 텔이었다는 사실은 '자유의 시인'이라는 그의 별명에 걸맞은 일이었다.

3. 『빌헬름 텔』이 완성되기까지

그러나 쉴러가 처음부터 빌헬름 텔과 스위스 민중 봉기에 매력을 느낀 것은 아니었다. 1789년, 후일 그의 아내가 될 샤를로테 폰 렝게펠트(Charlotte von Lengefeld)가 역사책에서 스위스 민중 봉기에 대한 서술을 읽고 열광적인 편지를 보냈을 때, 쉴러의 반응은 비교적 냉담했다. 당시 쉴러는 스위스 민중 봉기가 보여주는 위대함은 인정했지만, 민중의 거칡과 조야함이 이런 결과를 낳았다고 보고 마땅찮게 생각했던 것이다.

쉴러에게 빌헬름 텔에 대한 관심을 새롭게 일깨워 준 사람은 괴테였다. 1797년 10월, 괴테는 스위스 여행 중에 쉴러에게 쓴 편지에서 텔에 대한 작품을 쓰겠다는 의도를 밝혔다. 여행에서 돌아온 뒤에도 괴테는 이 작품을 쓰겠다는 생각을 버리지 않았고, 쉴러 또한 이때에는 괴테의 의도를 적극 지지했다. 국지적인 사건임에도 불구하고 인간에 대한 광활한 시선을 허락해 준다고 생각했기 때문이었다. 그러나 괴테는 다른 작품 『아킬레스』를 먼저 집필하기로 결심하면서 이 작품을 포기했다. 그 후 쉴러도 이에 대해 잊고 지냈다. 그러나 몇 년 뒤인 1801년 초부터 독일에서는 쉴러가 빌헬름 텔에 대한 작품을 집필 중이라는 잘못된 소문이 번지면서 쉴러는 이 작품에 대한 문의를 자주 받게 되었다. 이를 계기로 쉴러도 이 소재에 다시 관심을 갖게 되어 지인들과 함께 이 소재를 작품화하는 것에 대해 논의하기 시작했다. 샤를로테가 권했던, 스위스의 역사가 요한네스 뮐러의 책 『스위스 동맹의 역사』(1786)

뿐만 아니라 스위스 최초의 역사가 에기디우스 추디가 쓴 『스위스 연대기』(1570)를 비롯한 다수의 스위스 역사서를 더 검토하면서 이 소재를 극화할 수 있는 가능성을 따져 본 끝에 쉴러는 결국 이 작품을 쓰기로 결심했다.

희곡 『메시나의 신부(*Die Braut von Messina*)』를 먼저 집필한 뒤, 쉴러가 이 작품을 위한 작업을 본격적으로 시작한 것은 1803년 7월경이었다. 평생 스위스 땅을 밟아 본 적이 없는 쉴러로서는 토속적 색채가 강한 이 작품을 쓰기 위해 피어발트슈테테 호수 주변의 자연과 풍속에 대한 공부도 많이 해야 했다. 쉴러는 스위스로 직접 가 볼 생각도 했지만, 그렇게 하지 못했다. 집필은 그해 8월 말에 시작했다. 후일 괴테는 당시의 쉴러의 작업에 대해 이렇게 회상했다. "쉴러는 모름지기 인간은 자신이 마음먹은 일을 해낼 수 있어야 한다고 주장했고, 실제로 이런 신조에 따라 일했다. 한 가지 예를 들어 보자. 쉴러는 텔을 쓰기로 결심했다. 그는 우선 스위스에 대한 특수한 지도를 구할 수 있는 대로 구해서 그것들로 온 벽을 도배했다. 그리고 여러 스위스 여행기를 읽기 시작하여 스위스 봉기의 무대에 있는 모든 길과 작은 오솔길까지 정확하게 알 때까지 읽기를 멈추지 않았다. 스위스 역사도 공부했다. 그렇게 필요한 모든 준비를 끝내자 책상 앞에 앉아 『빌헬름 텔』을 완성할 때까지 말 그대로 자리에서 일어나지 않았다." 쉴러가 이 작품을 쓰고 있다는 것이 알려지자 요한네스 뮐러도 괴테를 통해 큰 기대를 걸고 있다는 인사를 전해 왔다. 오랜 병마 끝에 1년 뒤면 닥칠 죽음에 맞서 오로지 정신력으로 버티면서 집중적으로 작업

한 결과 1804년 2월 18일, 쉴러는 자신의 비망록에 이렇게 쓸 수 있었다. "『빌헬름 텔』을 끝냈다."

4. 프랑스 혁명과 쉴러

쉴러가 볼 때 오스트리아의 지배욕과 폭정에 맞서 자치권과 자유를 수호하려는 스위스 민중의 봉기가 성공한 것은 역사상 예외적인 사건이었다. 쉴러는 1790년대에 계몽주의의 낙관론적인 역사관에서 벗어나 기존 역사에 대한 부정적인 결산에 이르렀다. 미학 논문 「숭고에 관하여(Über das Erhabene)」에서 그는 인간의 역사를 "자연의 힘과 인간의 자유 사이의 갈등"이라고 요약하면서, 지금까지의 역사에서 훨씬 더 큰 힘을 발휘했던 것은 자연의 힘(인간의 본능과 욕망도 이에 속한다)이며, 자유로운 이성은 "몇몇 예외적인 경우에만 자신의 힘을 관철시킬 수 있었을 뿐"이라고 평가했다. 그러나 역사가이기도 했던 쉴러가 주로 관심을 가졌던 역사상의 사건들은 자유를 위해 힘과 권력에 맞서는 인간의 투쟁을 보여 주는 것들이었다. 극작품 『피에스코의 모반(Die Verschwörung des Fiesco zu Genua)』과 『돈 카를로스』, 『오를레앙의 처녀(Die Jungfrau von Orleans)』가 그러할 뿐만 아니라, 그가 편집하여 출간한 『중세와 근대의 주목할 만한 반란과 음모의 역사(Geschichte der merkwürdigsten Rebellionen und Verschwörungen aus den mittlern und neuern Zeiten)』도 권력에 대한 저항을 다루고 있다. 펠리페 2세의 폭정에 맞서는 네덜란드 시민들의 자유 투쟁을 묘사한 그의 첫 역사서 『네덜란드 독립사(*Geschichte des Abfalls der Vereinigten Niederlande von der spanischen Regierung*)』 역시 절대주의에 대한 저항을 옹호하고자 하는 의도에서 집필한 것이었다. 혁명 후의 프랑스에서 쉴러의 『도적들』이 자주 공연된 것도 이 때문이었고, 1792년 프랑스 국민의회가 쉴러를 프랑스 명예시민으로 선정한 것도 문학을 통해 자유와 인간성에 기여한 그의 공로를 인정했기 때문이다. 이러한 그가 빌헬름 텔과 스위스 민중 봉기 이야기를 극화한 것은 자연스러운 일이겠지만, 쉴러로 하여금 이 극을 집필하게 한 가장 주요한 사상적 계기는 프랑스 혁명이었다.

'자유의 시인' 쉴러에게 프랑스 혁명은 초미의 관심사일 수밖에 없었다. 1789년에 시작된 프랑스 혁명에 대해 독일의 수많은 식자들은 초기에는 열광했지만, 혁명의 폭력성이 격화되면서 차츰 냉담한 반응을 보였다. 쉴러는 프랑스에서 벌어지는 일들을 주의 깊게 추적하면서도 처음부터 유보적이고 회의적인 태도를 보였다. 그는 자유, 평등, 우애라는 프랑스 혁명의 이념에는 당연히 동의했고, 자연권과 저항권도 인정했지만, 혁명이 과도한 폭력성과 무분별한 혼돈으로 치닫는 것은 결연하게 비판했다. 쉴러는 올바른 의도로 시작된 저항이라 하더라도 이 저항에 개입하는 수많은 탐욕과 개별적 이해관계, 과도한 관념성에 의해 저항 전체가 왜곡될 수 있다는 문제를 일찍부터 깊이 탐구했다. 쉴러의 극작품 가운데 부당한 힘과 상황에 맞서는 싸움이 승리하는 경우가 『오를

레앙의 처녀』와『빌헬름 텔』에서만 발견되는 것도 이 때문이다.

프랑스 혁명은 쉴러에게 바람직한 사회 발전의 길에 대한 사색을 다시 한 번 촉구하는 사건이었다. 혁명 후에 집필한 저명한 미학 저서『인간의 미적 교육에 대한 서한(*Über die ästhetische Erziehung des Menschen in einer Reihe von Briefen*)』에서 쉴러는 정치적 변혁을 위한 주체적 조건, 즉 시민들의 윤리적 의식이 아직 갖추어지지 않았다고 진단하고, 이 조건을 충족시키는 것이 변혁에 선행되어야 할 과제라고 주장했다. 그리고 이 과제를 수행하는 데 결정적인 구실을 하는 것이 예술을 통한 교육이라고 역설했다. 루이 16세가 처형된 지 10년 뒤에 집필하기 시작한『빌헬름 텔』에도 사회의 바람직한 발전 경로에 대한 쉴러의 사색이 짙게 스며들어 있다.

5. 역사상의 빌헬름 텔과 스위스 민중 봉기

빌헬름 텔이 역사상의 실존 인물이 아니라는 것은 이미 역사학이 밝혀내었다. 아들의 머리 위에 놓인 사과를 화살로 쏘도록 강요받는 사수의 이야기가 어디서 비롯되었는지는 확실하지 않지만, 이미 12세기 덴마크의 역사가 삭소 그라마티쿠스가 쓴『덴마크의 왕과 영웅 이야기』에 토코라는 사수가 왕의 명령에 따라 아들의 머리 위에 놓인 사과를 쏘면서 세 개의 화살을 꺼냈으며, 나머지 두 개의 화살은 사과를 맞히지 못했을 때 왕을 죽이기 위해 꺼냈다는 이야기가 등장한다. 토코는 숲 속에서 화살을 쏘아 왕을 살해했다. 이 이야기가 스위스로 유입된 것은 스위스 민중 봉기가 일어난 뒤인 15세기의 일로 추정되며, 15세기 말에 이미 이 이야기는 스위스 봉기의 역사와 결합되기 시작했다. 그러나 당시만 해도 텔의 이야기는 바움가르텐이나 멜히탈의 일화와 더불어 봉기를 촉발시키는 하나의 일화로만 다루어졌다. 하지만 16세기에 텔을 주인공으로 하는 극작품들이 생겨나면서 텔은 스위스 민중의 해방자이자 동맹의 창시자로 격상되었다. 반면 추디의 『스위스 연대기』나 뮐러의 『스위스 동맹의 역사』 등 역사적 사실에 더 충실하고자 하는 역사서에서는 텔의 이야기가 여전히 하나의 일화로만 취급되었다. 그러나 이런 역사서에서도 텔은 뤼틀리의 민회에 참가하여 함께 서약한 사람으로 서술되었다.

스위스의 세 주가 동맹을 맺고 봉기에 나서게 된 것은 오스트리아의 합스부르크 왕가가 이 주들의 자치권을 빼앗고 이 지역을 오스트리아의 영토로 병합하려고 했기 때문이다. 쉴러가 읽은 역사서에 따르면 스위스 인들이 봉기를 일으킨 배경은 대략 이러했다. 13세기 말에서 14세기 초에 우리, 슈비츠, 운터발덴 세 주는 신성 로마제국에 속했지만 제국 직속령으로 지방 영주의 지배 없이 직접 황제의 통치를 받았으며, 이에 따라 상당한 자치권을 행사하고 있었다. 그러나 오스트리아의 공작이었다가 1298년에 신성로마제국의 왕으로 선출된 알브레히트 1세는 이 지위를 이용하여 합스부르크 가문의 영토 확장을 추진하면서 라인 지역과 오스트리아 지역에 있는 기존의 영토 사이에 끼어 있는 스위스 지역을 병합하고자 했다. 이를 위해 그는 세 주의 자치권을 핵심으로 하는 '자유 서한'을 인정하지 않았다. 그가 제국 왕 혹은 황제의 대리인으로 일해야 하는 태수들을 합스부르크 가문의 대리인으로 악용하면서 태수들의 악행이 거듭되자 세 주의 주민들은 1307년에 뤼틀리에서 민회를 개최하여 동맹을 맺었다. 그리고 이듬해에 봉기가 일어났다. 주민들은 태수들을 몰아내었고 예상되는 반격에 대비했지만, 얼마 후에 알브레히트 1세가 조카 슈바벤 공작에게 살해됨에 따라 오스트리아의 반격은 미루어지게 되었다(근래의 역사 연구에 따르면 세 주의 사람들이 동맹을 맺은 것은 1291년의 일이었고, 그들의 봉기는 알브레히트 1세가 암살된 뒤 이 사건을 계기로 하여 일어났다. 봉기가 동맹이 맺어지기 직전인 1291년 중반에 일어났다는 견해도 있다).

6. 사회 계약 파기와 저항권

이러한 역사 인식에 기초하여 쉴러는 바움가르텐의 사건이 일어난 1306년 10월 28일("시몬과 유다의 날")부터 알브레히트 1세의 살해(1308년 5월) 직후에 이르기까지 전체적으로 1년 반에 걸쳐 일어난 사건을 두 달 이내의 훨씬 짧은 기간 안에 축약해 놓았다. 작품은 평화롭고 목가적인 스위스 사람들의 삶을 그리면서 시작되다가 돌연 바움가르텐의 등장을 통해 폭정에 고통 받는 현실을 드러냄으로써 지켜져야 할 것과 사라져야 할 것을 대비시키고 극이 긴장되게 전개될 수 있는 바탕을 마련한다. 세 주와 황제 사이의 사회 계약을 의미하는 '자유 서한'에 따르면 스위스 사람들은 황제에게 지대(地代)와 병역의 의무만 이행하면 되고, 여타의 내부 사안은 자율적으로 결정할 수 있었다. 그러나 알브레히트 1세는 자유 서한에 서명하기를 거부했고, 이로써 계약을 파기했다. 그뿐만 아니라 단순히 재판권만 행사해야 할 태수들은 잔학무도하게 주민들을 처벌하고 가족을 유린한다. 게슬러가 악의 화신처럼 그려질수록 봉기는 정당성을 얻게 되고 텔의 살해 또한 용인될 가능성이 커진다. 게다가 츠빙 우리 건설에서 보듯이 폭정은 날이 갈수록 더 심해질 것이 분명한 상황이다. 황제의 계약 파기가 이미 스위스 사람들을 복종 의무에서 벗어나게 할 뿐만 아니라, 태수들이 스위스 사람들이 믿는 자연 질서를 파괴함으로써 저항은 이중의 정당성을 얻게 된다. 이에 더해 아인지델른 수도원과의 갈등 이후 슈비츠 사람들이 제국 탈퇴를 선언한 일로 보건대 황제와의 계약에는 저항권도 포함되어 있었던 것으로 보인다. 저항의 정당성을 충분히 묘사하는 것은 쉴러에게 매우 중요한 문제였다. 저항권은 당대의 정치 논쟁에서 핵심적인 문제였기 때문이다.

고대에 이미 시작된 저항권 논쟁은 홉스와 로크를 비롯한 17세기 영국 철학자들에 이르러 사회 계약론의 중요한 논제로 떠올랐다. 쉴러 시대에 저항권 논쟁을 새롭게 촉발시킨 사람은 칸트였다. 그는 1793년에 발표한 『'이론에서는 맞을지 모르지만 실제에서는 맞지 않다'는 상투어에 대하여』에서 저항권을 부정함으로써 뜨거운 논쟁을 불러일으켰다. 프랑스 혁명 전에는 저항권을 인정했던 칸트가 이 글에서 저항권을 부정한 것은 혁명이 법의 근간을 와해하는 일이라고 생각하게 되었기 때문이다. 그는 '누가 무슨 권한으로 저항권을 인정하는가' 하는 문제를 제기하면서 저항권을 인정하는 것은 곧 유일해야 하는 최고의 입법권자의 권한을 부정하는 것이며, 이 부정은 결국 법을 인정하는 문제를 개인의 판단에 맡기는 데로 나아가게 되고, 이는 사회 자체의 붕괴를 의미한다고 주장했다. 1789년의 프랑스 인권 선언 제2조에 명시된 저항권에 대한 칸트의 비판은 곧 혁명권에 대한 비판이었다.

『빌헬름 텔』은 이러한 칸트의 견해에 대한 쉴러의 대답이라고도 볼 수 있다. 슈타우파허의 대사를 떠올려 보자. "폭군의 권력에도 한계가 있는 법입니다. (중략) 어떤 다른 방도도 소용이 없을 때, / 인간은 마지막 수단으로 칼을 잡을 수밖에 없습니다―. / 우리에게는 폭력에 맞서 최고의 재산을 / 지킬 권리가 있습니다―."(76쪽) 이는 명백한 저항권의 선언이며, 칸트에 대한 비판이다.

그러나 쉴러는 저항권을 인정하는 것 못지않게 저항권을 올바르게 행사하는 것도 중요하다고 생각했다. 도덕적으로 인정할 수 있는 최소한의 폭력 이상을 행사해서는 안 되며, 저항이 무분별한 폭력과 무정부 상태를 낳는다면 저항 자체의 정당성도 사라진다는 것이 그의 생각이었다. 그가 프랑스 혁명을 비판한 것도 바로 이런 이유에서였다. 쉴러가 한 편지에서 츠빙 우리를 바스티유 감옥에 비유한 데서도 드러나듯이, 이 작품과 프랑스 혁명과의 연관은 명백하다. 쉴러는 이 작품을 통해 프랑스 혁명이 걸었던 길과는 다른 대안의 길을 보여 주고자 했고, 그래서 이 극에서 민중 봉기의 비폭력성을 지켜 내기 위해 심혈을 기울였다. 극 중에서 발터 퓌르스트는 이렇게 말한다. "하지만 가능하면 피를 흘리지 않도록 합시다. (중략) 칼을 쥐고도 **절제할** 줄 아는 민족은 / 두려워해야 마땅한 존재니까요."(81쪽) 멜히탈은 생포된 란덴베르거를 살려 보내고, 봉기는 무혈로 끝난다. 쉴러는 이러한 자신의 뜻을 한 편지에서 더 확실하게 표명했다. "분노 속에서도 인간성을 잃지 않고 / 성공과 승리의 순간에도 자중할 줄 아는 민족은 / 영원할 것이며 칭송받아 마땅하다." 자신이 참고한 역사서와 달리 쉴러가 텔을 주민들의 동맹과 봉기로부터 철저히 분리시킨 것 또한바로 이 때문이다. 텔은 살인이라는 폭력을 행사하는 인물이기 때문이다.

7. 단독자 빌헬름 텔

빌헬름 텔은 자주 예수에 비견되기도 할 만큼 처음부터 구원자로 등장한다. 사람들도 그를 거듭하여 구원자라고 부르는데, 이는 텔이 예외적인 영웅적 인물임을 보여 줄 뿐만 아니라, 일반 주민들과 텔 사이에 상당한 거리감이 가로놓여 있음을 드러내는 것이기도 하다. 텔이 말을 회의하면서 뤼틀리 민회에 참가하기를 거부하고, "뱀도 가만있는 사람은 물지 않습니다"(31쪽)라고 하면서조용히 지내면 아무 일이 없을 것이라는 순진한 생각을 하는가 하면, "배가 침몰할 때는 혼자 몸을 건사하는 게 더 쉽지요"(31쪽)

라고 하면서 집단적 행동의 유효성을 부정하는 것 등은 그의 사고 방식이 민중의 일반적인 생각과 매우 다르다는 것을 보여 준다. 4막 3장에서 텔이 "아무리 착한 사람이라도 / 사악한 이웃이 괴롭히면 평화를 잃고 맙니다"(154쪽)라고 말하는 것은 극의 초반에서 자신이 상황을 잘못 판단하고 있었다는 텔의 고백과도 같다. 텔이 이렇게 오류를 범한 것은 쉴러가 「소박 문학과 성찰 문학에 대하여」에서 말한 '사고방식의 소박함'을 체현하고 있는 인물이 텔이기 때문이다. 아직 문명 속에서 나타나는 자아와 세계 사이의 분열과 대립을 경험하지 않았고, 성찰을 요구받는 상황에 이르지 않은 자연적인 상태에 놓여 있으며, 따라서 생각과 행동에서도 인위성이 없이 순순히 자연적인 감정과 판단만 좇는 사람이 드러내는 것이 바로 사고방식의 소박함이며, 바움가르텐을 망설임 없이 도와주는 텔의 모습은 그가 사고방식의 소박함을 유지하고 있는 자연인임을 보여 준다. 또한 그의 직업이 홀로 돌아다니는 고독한 사냥꾼이라는 것은 그가 자연인이자 단독자이며 근대적 민주주의 시대에는 어울리지 않는 인물이라는 것을 암시한다. 그는 사적 영역과 공적 영역을 엄격하게 구별하면서, 자신의 가족만 지킬 수 있다면 공적인 일에 나서지 않겠다는 뜻을 분명히 한다. 자신이 구원자로 나서는 경우 또한 개인으로서 개인을 돕는 데 제한한다.

이런 텔이 게슬러라는 폭군을 살해하는 것은 결코 게슬러가 공인으로서 폭정을 행하기 때문이 아니다. 오로지 게슬러가 자신에게 아들을 죽음의 위험에 빠트리는 행위를 강요하고, 이제 자신의 가족에게 폭력을 휘두를 것으로 예상되기 때문에 살해하는 것이다. 피신한 아들을 찾아내라며 멜히탈 아버지의 눈을 파낸 란덴베르거의 만행을 상기할 때, 텔의 이런 예상은 충분한 근거가 있다. 공적 영역과 사적 영역을 분리해 온 텔이 행동에 나선 것은 바로 이 사적 영역이 공격받기 때문이었다. 이렇게 텔의 행위는 정치적인 동기가 아니라 오로지 개인적인 동기에 의한 것이다. 따라서 텔이 게슬러를 살해한 것은 정치적, 혁명적인 행위도 아니고, 민중 봉기와도 아무런 관련이 없다.

오히려 민중 봉기의 측면에서 보자면 텔의 행위는 자칫하면 봉기 전체를 좌절시킬 수도 있는 위험한 행동이었다. 민회를 마치면서 슈타우파허는 이렇게 경고한다. "정당한 분노도 억제하고, / 전체를 위해 개인의 복수를 미루어 두시오. / 개인적인 원한 때문에 나서는 자는 / 전체의 대업을 훼손하게 됩니다."(85쪽) 만일 텔이 민회에 참가했다면 그는 개인적인 이유로 전체의 행동 규칙을 어긴 자가 되었을 것이다. 게슬러를 살해하기 직전에 길게 이어지는 텔의 독백에서도 자신의 행위가 봉기의 성패에 미칠 영향에 대한 고려는 전혀 찾아볼 수 없다. 쉴러 자신도 한 편지에서 "텔 자신은 극 안에서 지극히 홀로 서 있으며, 그의 일은 사적인 일이고, 극의 끝에서 공적인 일과 결합되기 전까지는 계속 사적인 일로 남아 있다"고 말한 바 있다. 자신이 참고한 역사서와는 달리 쉴러가 이렇게 텔을 다른 주민들로부터, 민회로부터, 그리고 봉기 자체로부터 철저히 분리시켰던 것은 바로 텔이 폭력을 행사하기 때문이었다. 그리고 이 폭력이란 다름 아닌 폭군 살해였다. 루이 16세 처형에 매우 분노했던 쉴러였던 만큼 그에게 텔의 폭군 살해는 결코 간단하게 볼 수 없는 심각한 문제였다. 쉴러가 텔의 전반적인 성격과는 어울리지 않게 그의 독백을 다소 무리하다 싶을 정도로 길게 극 안에 집어넣고, 개연성이 낮아 보이는 슈바벤 공작과의 만남을 설정한 것도 이 폭군 살해에 대한 충분한 성찰을 담아내기 위한 조치였다.

8. 폭군 살해와 텔의 고뇌

폭군 살해의 정당성에 대한 논쟁은 고대로부터 시작되었으며, 저항권이 인정되지 않으면 폭군 살해도 인정되지 않기 때문에 이 또한 저항권과 연결된 문제였다. 통치자의 부당한 폭력과 억압과 살상을 참고 견디는 것이 옳은가, 아니면 살인이라는 수단을 쓰더라도 폭군을 제거하는 것이 옳은가? 기원전 514년에 아테네의 전제 군주 히파르코스가 살해된 이래 널리 논의된 폭군 살해의 가장 유명한 사례는 독재자 카이사르의 살해였다. 17세기 프랑스에서는 모나르코마크라는 일단의 국가 이론가들이 폭군 살해를 최후의 수단으로 인정했다. 18세기에도 이 문제는 활발히 논의되었고, 볼테르는 『카이사르의 죽음』에서 공화주의적 관점에서 폭군 살해의 문제를 다루었다. 독일에서도 브루투스를 숭배하는 작가들이 있었고, 쉴러의 『도적들』에서도 카이사르와 브루투스의 대화가 비가적인 정조 속에서 서술되었다. 1793년 초에 루이 16세가 처형된 이후 폭군 살해는 매우 조심스런 문제였고, 그런 만큼

이 극에 담긴 텔과 슈바벤 공작의 살해 행위에 쏠리는 관심도 클 수밖에 없었다. 쉴러도 이런 상황을 감안하여 극 안에서 텔에게 충분한 자기 정당화의 기회를 주었다.

쉴러는 게슬러 살해 직전의 텔의 독백을 "이 극의 가장 좋은 부분"이라고 부를 만큼 중시했다. 게슬러의 반자연적 명령으로 인해 텔이 소박성을 잃고 성찰성에 이르게 되었음을 보여 주는 이 독백에서 텔은 자신의 살인 행위를 자연권 방어로서 정당화한다. 아내와 자식을 폭군의 폭행으로부터 보호하는 것은 실정법을 떠나 인간이 자연으로부터 부여받은 천부적인 권리라는 것이 텔의 생각이다. 그가 신에게 게슬러를 살해하겠다고 맹세한 것은 이런 생각이 신의 뜻과 일치한다고 확신했기 때문이었다. 텔의 독백 다음에 게슬러가 가장을 풀어 달라고 애원하는 아름가르트를 짓밟는 행동을 하는 것은 가족을 유린하는 게슬러의 죄악을, 그를 살해할 필요성을 다시 한 번 강조한다.

그러나 여기서도 텔의 자기 옹호에는 짙은 그림자가 드리워져 있다. "살인"이라는 말을 반복적으로 사용하는 텔의 모습에는 자신의 상황에 대한 고뇌와 어떤 논리로도 완전히 지울 수 없는 죄의식이 묻어 있다. 이런 모습은 슈바벤 공작과의 대화에서도 반복된다. 쉴러는 텔의 행위와 슈바벤 공작의 행위 사이의 차이를 부각시킴으로써 다시 한 번 텔의 행위를 정당화할 수 있는 기회를 마련하고, 자신이 살인을 가볍게 여기는 것이 아니라 매우 엄격한 기준에 따라 판단하고 있음을 보여 준다. 쉴러의 표현을 따르자면 슈바벤 공작의 황제 살해는 "무뢰와 명예욕으로 인한 가증스런 살인"인 반면, 텔의 살해는 자연권 수호를 위한 정당방위였다. 쉴러는 슈바벤 공작과의 대비를 통해 이 극이 "엄격하게 제한되는 특수한 경우에만 인정되는 자기방어의 필연성과 정당성"을 옹호하고 있을 뿐임을 분명히 하고자 했던 것이다.

그러나 이런 정당성에도 불구하고 텔의 고민은 여전히 깊은 듯하다. 텔은 다시는 석궁을 쓰지 않겠다고 선언하고, 자신을 "죄지은 인간"이라고 부르며, 슈바벤 공작을 무섭게 꾸짖다가도 결국 그에게 연민을 느끼고, 극의 끝에서 주민들의 환호에 반갑게 대답하는 대신 침묵한다. 봉기의 승리와는 상관없이 텔은 살인이 죄라는 생각을 떨쳐 버리지 못하는 것이다. 결국 텔은 고뇌하는 자로 남는다. 쉴러가 텔을 봉기로부터 철저히 격리시켰던 것도 쉴러 자신이 폭군 살해로부터 죄의 흔적을 완전히 지울 수는 없다고 생각했기 때문이었을 것이다. 이렇게 보면 텔은 민중의 저항이 비폭력적으로 완수될 수 있게 해 주는 봉기의 희생양일 수도 있다. 텔과 슈바벤 공작의 행위가 없었다면 봉기는 무혈로 끝나지 못했을 것이다.

9. 저항과 민주주의에 대한 담대한 옹호

민중의 저항은 당초에는 보수적인 성격을 띠고 있었다. 선대들의 세계를 지배했던 옛 질서를 회복하는 것이 목적이었기 때문이다. 주민들은 봉건적 의무를 계속 이행할 것을 결정하고, 제국에서 탈퇴하려고 하지도 않는다. 그러나 민회에서 귀족은 배제되어 있고, 멜히탈 등은 귀족에 대한 비판적인 태도를 드러내며, 민회의 결정은 다수결의 원칙을 따른다. 주민들은 수직적인 부권의 시대를 "형제들로 맺어진 하나의 민중"이 주인이 되는 수평적인 시대로 대체한다. 이 "형제들"이라는 말에서 프랑스 혁명의 구호였던 우애에 대한 암시를 읽어 내기는 어렵지 않다. 아팅하우젠은 귀족의 시대가 끝나고 주권 재민의 새로운 시대가 열리고 있음을 예언한다. 이 극이 "저는 제 모든 하인들에게 자유를 선포합니다"라는 루덴츠의 말로 끝나는 것도 이 작품의 반봉건적, 민주주의적 성격을 분명하게 드러내어 준다.

이 작품에는 민중의 저항권과 민주주의적 혁신의 필요성을 옹호하면서도 과도한 폭력과 질서의 와해를 피할 수 있는 길을 찾고자 하는 쉴러의 치열한 모색이 담겨 있다. 쉴러가 슈타우파허가 아니라 텔을 주인공으로 내세운 것은 이 사색이 완전한 해결에 이르지 못했다는 고백으로 보이기도 한다. 그러나 이 극은 민주주의에 대한 담대하고 심원한 옹호였으며, 모든 난제에도 불구하고 프랑스 혁명이 주장한 자연권과 저항권, 인민 주권론을 끝까지 포기하지 않았던 쉴러의 자유 의식이 그의 생의 끝자락에 찍어 놓은 굵은 마침표다.

일제 강점기를 경험했고, 고된 싸움을 거쳐 민주주의를 발전시켜 온 우리에게 스위스 민중 봉기는 낯선 이야기가 아니다. 우리가 이미 이루어 놓은 성과로 볼 때, 이 이야기는 옛이야기로 치부될 수도 있을 것이다. 그러나 여기서 만나게 되는 자부심 강하고 기개가 넘치는 스위스 사람들의 면모는 여전히 인간의 한 모범을 보여 주며, 권력이 탐욕과 억압의 유혹에서 완전히 벗어나지 않는 한 이 이야기의 생명은 다하지 않을 것이다. 자유란 도달한 후 방치해도 좋은 상태가 아니라 끊임없이 지켜내고 추구해야 하는 과정이기 때문이다.

기왕에 여러 차례 번역된 적이 있는 이 작품을 새로 번역하는 만큼 좀 더 독자에게 쉽게 다가가는 문장을 만들어 내고 피할 수 있는 오류는 최대한 줄이기 위해 노력했으나 역자의 능력이 미치지 못한 지점들이 있을 것이다. 독자들의 따끔한 지적을 기대하며, 꼼꼼한 교열로 원고를 한결 낫게 만들어 주신 을유문화사에도 감사드린다.

판본 소개

    쉴러는 1804년 2월 18일에 『빌헬름 텔』을 완성했다. 당초에 이 극은 베를린에서 초연될 예정이었다. 그러나 예정과 달리 1804년 3월 17일에 바이마르에서 괴테와 쉴러의 감독 아래 먼저 초연되었다. 이때 공연 시간이 다섯 시간을 넘겨 너무 길다는 말이 있었으므로 쉴러는 즉시 삭제 작업을 하여 3월 19일 두 번째 공연에서는 단축한 것으로 공연했다. 이후로도 쉴러는 몇 차례에 걸쳐 약간의 분량을 더 삭제했다. 1804년 12월 1일의 공연 때는 암살된 파벨 1세의 딸인 마리아 파블로브나가 참관했기 때문에 제5막 전체를 삭제했다.

    『빌헬름 텔』의 초판은 1804년 10월 초, 독일 남부의 도시 튀빙겐에 있던 코타(Cotta) 출판사에서 출간되었다. 초판 발행 부수는 7천 권이었다. 쉴러는 초판 장정이나 가격을 결정하는 데 출판사와 긴밀히 상의했다. 같은 해에 약간의 부호만 수정했을 뿐 초판과 내용이 같은 2판이 간행되었지만 쉴러는 더 이상 관여하지 않았다.

쉴러 전집의 정본이라고 할 수 있는 민족본(Nationalausgabe)
의 제10권에 수록된 『빌헬름 텔』은 1804년의 초판을 따랐으며,
본 번역은 민족본에 수록된 이 작품을 완역한 것이다.

1759	11월 10일, 독일 남부 네카 강변의 마르바흐에서 아버지 요한 카스파 쉴러(1723~1796)와 어머니 엘리자베트 도로테아(1732~1802) 사이에서 둘째로 태어남. 아버지는 군에서 소위로 근무하면서 군의(軍醫)로도 활동함. 누나 크리스토피네는 1757년에 태어남. 이후 네 명의 여동생들이 더 태어났으나 모두 일찍 죽음.

1762	가족이 루트비히스부르크로 이사.

1764	가족이 로르히로 이사.

1765	초등학교에 입학.

1766	가족이 다시 루트비히스부르크로 이사.

1767	성직자가 될 생각으로 루트비히스부르크의 라틴어 학교에 입학.

1773	공작 카를 오이겐의 명령에 따라 카를 학교에 입학. 이후 7년간 엄격한 군율이 지배하는 학교에 갇혀 생활함.

1774 공작의 명령에 따라 법학 공부 시작.

1775 카를 학교, 슈투트가르트로 이전.

1776 공작의 명령에 따라 신설된 의학 학부로 옮김. 철학 교사 아벨의 수업을 들으면서 셰익스피어, 루소, 괴테, 헤르더 등 철학, 문학 책을 탐독함. 최초의 시 「저녁」을 발표.

1779 라틴어 졸업 논문 「생리학의 철학」을 제출했으나 승인되지 않음. 이후 『도적들』 집필에 열중. 12월에 카를 학교의 시상식에서 처음으로 괴테를 만남.

1780 졸업 논문 「인간의 동물적 본성과 정신적 본성의 관계에 대하여」를 제출하여 승인받음. 12월에 카를 학교를 졸업하여 연대 의무관으로 복무 시작하나 박봉에 시달림.

1781 봄에 완성한 『도적들』을 자비로 출판. 칸트의 『순수이성비판』이 발표됨.

1782 만하임에서 『도적들』이 초연됨. 관객들이 열렬하게 반응하면서 일약 유명해짐. 이 공연을 관람하기 위해 근무지를 무단이탈했다가 구금당하고 집필 금지 명령을 받음. 얼마 뒤 친구와 함께 슈투트가르트를 탈출하여 도망함. 극작가로 살기 위해 『피에스코의 모반』을 완성하여 만하임에서의 공연을 도모하나 반복되는 수정 요구에 시달림. 체포를 피하기 위해 바우어바흐에 있는 친구 모친의 집으로 가서 7개월간 은신함.

1783 『간계와 사랑』 초고를 완성하고 『돈 카를로스』 집필을 시작함. 『피에스코』가 출판됨. 만하임으로 돌아와 1년 기한

의 만하임 극장 전속 극작가로 채용됨.

1784 만하임에서 『피에스코』와 『간계와 사랑』이 초연됨. 샤를 로테 폰 칼프 부인과 교류하기 시작. 쿠어팔츠 독일 협회에서 연설문 「극장이 민중에게 미치는 영향에 대하여」 (이후 「도덕적 기관으로서의 극장」으로 개명함)를 발표. 전속 극작가 계약이 연장되지 않음에 따라 빈곤을 겪음. 다름슈타트 궁정에서 『돈 카를로스』를 낭독함. 이때 참석한 바이마르의 공작 카를 아우구스트가 쉴러에게 궁정고문관 칭호를 수여함.

1785 『라인의 탈리아』라는 잡지를 창간했으나 운영에 어려움을 겪음. 경제적으로 절망적인 상황에서 그를 흠모하는 쾨르너 외 3인의 초청을 받아들여 라이프치히로 떠남. 시 「기쁨에 부쳐」(베토벤 교향곡 9번 '합창' 가사로 채택됨)를 집필. 이후 드레스덴으로 이사.

1786 자신의 잡지 『탈리아』에 「기쁨에 부쳐」, 「체념」 등의 시와 「잃어버린 명예로 인한 범죄자」, 「철학적 편지」 등의 소설과 산문을 실음.

1787 『돈 카를로스』가 출판되어 함부르크에서 초연됨. 칼프 부인의 초청을 받아들여 바이마르로 떠남. 역사서 저술을 위해 역사 공부를 시작함. 잡지 『탈리아』에 소설 『심령술사』를 발표하기 시작(1789년까지 계속됨).

1788 첫 역사서 『네덜란드 독립사』 1부를 발표. 시 「그리스의 신들」 발표. 이탈리아 여행에서 돌아온 괴테와 교류하기

시작했으나 가까워지지는 않음

1789   예나로 이사. 예나대학의 철학 교수로 취임. 이후 주로 보
        편사에 대한 강의를 함. 시「예술가들」을 발표. 에우리피
        데스의『아울리스의 이피게네이아』를 번역. 7월, 프랑스
        혁명 발발.

1790   샤를로테 폰 랑게펠트와 결혼. 비극 이론에 대한 강의를
        시작.『30년 전쟁사』 집필에 몰두.

1791   중병을 앓음. 이후 죽는 날까지 병에 시달림. 덴마크의
        공작 아우구스텐부르크가 쉴러의 건강 회복을 위해 그에
        게 3년간 해마다 1천 탈러의 지원금을 수여하기로 함. 칸
        트 철학, 특히『판단력 비판』을 본격적으로 연구하기 시
        작함.

1792   「비극이 주는 즐거움의 원인에 대하여」,「비극 예술에 대
        하여」 등의 비극론을 발표하고,『30년 전쟁사』를 탈고. 프
        랑스 공화국 정부가 쉴러에게 프랑스 시민 칭호를 수여함.

1793   미학론「칼리아스 편지」를 작성. 미학 논문「우아와 위
        엄」,「숭고에 대하여」를 발표. 그 밖에도 다수의 미발표
        미학 논문을 집필함. 고향 방문.

1794   괴테와 처음으로 가까워짐. 이후 쉴러가 죽는 날까지 긴
        밀한 관계를 유지함.

1795   쉴러가 주도한 잡지『호렌』이 창간됨. 여기에「인간의 미
        적 교육에 대한 서한」,「소박 문학과 성찰 문학에 대하여」
        와「비가」,「그림자의 제국」,「자이스의 베일에 가려진 그

림」 등의 시를 게재. 철학적 글쓰기 방식에 대해 피히테와 논쟁. 철학과 미학 작업을 그만두고 다시 문학 작업으로 귀환하기로 결심. 연말에 쉴러가 주도한 잡지인 『뮤즈 연감』이 창간됨. 여기에 「춤」, 「이상들」, 「여성의 위엄」 등의 시를 발표.

1796 대작 『발렌슈타인』 작업에 본격적으로 착수. 부친 사망. 괴테와 공동으로 집필한 풍자시 모음집 『크세니엔』을 발표.

1797 스톡홀름 학술원 회원으로 임명됨. '발라드의 해'라고 불릴 만큼 많은 발라드를 씀. 「장갑」, 「폴리크라테스의 반지」, 「잠수하는 사람」, 「이비쿠스의 두루미」 등이 이에 속함. 『발렌슈타인』 작업 계속.

1798 3부작으로 개작된 『발렌슈타인』의 1부 『발렌슈타인의 진영』이 바이마르에서 초연됨. 「행복」, 「용과의 싸움」, 「보증」 등의 시를 집필.

1799 『발렌슈타인』의 2부 『피콜로미니』와 3부 『발렌슈타인의 죽음』이 초연됨. 바이마르로 이사. 장시 「종의 노래」를 발표.

1800 셰익스피어의 『맥베스』를 번역. 『마리아 슈투아르트』가 바이마르에서 초연됨. 괴테와 함께 『파우스트』에 대해 활발히 논의.

1801 『오를레앙의 처녀』가 라이프치히에서 초연됨. 드레스덴 여행.

1802 모친 사망. 중병 앓음. 빈의 황제로부터 귀족 증서를 받음.

1803 『메시나의 신부』가 바이마르에서 초연됨. 「비극에서의 합창 사용에 대하여」 집필.

1804 『빌헬름 텔』이 바이마르에서 초연됨. 베를린 여행. 프로이센의 왕비가 고액의 연봉을 약속하며 쉴러를 초대하지만 결국 바이마르에 머무르기로 함. 자주 중병을 앓음.

1805 라신의 『페드르』를 번역하여 공연. 『데메트리우스』 작업. 5월 9일, 급성 폐렴으로 사망.

새롭게 을유세계문학전집을 펴내며

을유문화사는 이미 지난 1959년부터 국내 최초로 세계문학전집을 출간한 바 있습니다. 이번에 을유세계문학전집을 완전히 새롭게 마련하게 된 것은 우리가 직면한 문화적 상황에 적극적으로 대응하기 위해서입니다. 새로운 을유세계문학전집은 세계문학의 역할이 그 어느 때보다 중요해졌다는 인식에서 출발했습니다. 오늘날 세계에서 타자에 대한 이해는 우리의 안전과 행복에 직결되고 있습니다. 세계문학은 지구상의 다양한 문화들이 평등하게 소통하고, 이질적인 구성원들이 평화롭게 공존할 수 있는 문화적인 힘을 길러 줍니다.

을유세계문학전집은 세계문학을 통해 우리가 이런 힘을 길러 나가야 한다는 믿음으로 만들어졌습니다. 지난 5년간 이를 준비하기 위해 많은 노력을 기울였습니다. 세계 각국의 다양한 삶의 방식과 문화적 성취가 살아 있는 작품들, 새로운 번역이 필요한 고전들과 새롭게 소개해야 할 우리 시대의 작품들을 선정했습니다. 우리나라 최고의 역자들이 이들 작품 속 한 문장 한 문장의 숨결을 생생히 전하기 위해 심혈을 기울였습니다. 또한 역자들은 단순히 번역만 한 것이 아니라 다른 작품의 번역을 꼼꼼히 검토해 주었습니다. 을유세계문학전집은 번역된 작품 하나하나가 정본(定本)으로 인정받고 대우받을 수 있도록 최선을 다했습니다. 세계문학이 여러 경계를 넘어 우리 사회 안에서 주어진 소임을 하게 되기를 바라며 을유세계문학전집을 내놓습니다.

을유세계문학전집 편집위원단
신광현 (서울대 영문과 교수)
신정환 (한국외대 스페인어과 교수)
최윤영 (서울대 독문과 교수)
박종소 (서울대 노문과 교수)
김월회 (서울대 중문과 교수)